PESCIROSSI
NARRATIVA

PESCIROSSI

DANILO ANGIOLETTI

VITAMORE VITAMORTE

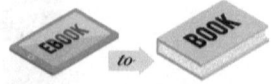
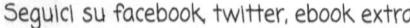

Seguici su facebook, twitter, ebook extra

© 2014 goWare, Firenze
in accordo con Thèsis Contents Agenzia Letteraria, Firenze-Milano

ISBN 978-88-6797-297-5

Copertina: Lorenzo Puliti
Redazione: Marco Rosati
Impaginazione: Lorenzo Puliti

goWare è una startup fiorentina specializzata in digital publishing
Fateci avere i vostri commenti a: info@goware-apps.it

Blogger e giornalisti possono richiedere una copia saggio
a Maria Ranieri: mari@goware-apps.com

Uno

Faccio le cose coi piedi.

No, non intendo dire che le faccio male.

Intendo dire un passo alla volta. Con le mie misere risorse fisiche e nulla di più. Devo avere il controllo completo. Con il tatto devo arrivare a capire i limiti. Quando il mondo mi graffia, e lo fa sempre, voglio accorgermene subito, con la mia pelle nuda bella esposta. La mia vita deve avanzare in base alle mie forze. Questa visione mi aiuta a riportare i confini dell'universo ad una dimensione paragonabile alla mia. Al mio corpo.

Faccio le cose con le gambe. Ecco, forse è più bello. Almeno per voi, perché io amo i piedi. Mi dispiace che siano sempre rinchiusi in calze e scarpe, per quasi tutto l'anno. Odio il mare, ma a volte ci vado solo per vedere dei piedi nudi. Il sotto, in particolare. Alcuni li vedo, in verità, ma non voglio dire tutto subito. Un po' mi vergogno. Non ci si abitua mai a dire certe cose.

Avanzo un passo dopo l'altro, in questa vita, perché posso vedere cosa succede un po' alla volta, e fermarmi subito, senza inerzie. Potrei provare a saltare, ma mi pare già troppo. E non ho mai avuto una grande elevazione. "Con quelle gambe, chissà che salti!", dicevano tutti. E io con i miei piedoni incollati al terreno. "Con quell'altezza giocherai a basket", e se butto la carta nel cestino, riesco a mancarlo standoci sopra. Il fisico promette cose che a volte non può mantenere. L'aspetto fisico, dico.

Ah, io sono Ernesto.

Sparalesto, mi dicevano da bambino. Lo avete pensato anche voi? Non vergognatevi, le cose sentite più volte ci penetrano sotto pelle senza che lo vogliamo. Non mi offendo. Anzi, significa che abbiamo condiviso un pezzo di cultura infantile. I più giovani forse non sanno neppure chi è, Ernesto Sparalesto.

Con chi parlo? Mah, potrei dire che parlo da solo. Lo faccio sempre. Ho iniziato da piccolo, perché questo lavoro ti mette davanti a un bivio: parli da solo o parli con i morti. Io invece parlo con chi leggerà questi miei scritti. Al destinatario di questo mio resoconto. Alla destinataria, ad essere più precisi, perché questa è una lettera d'amore. E di morte.

Due

Ho la barba. Non per vanità e machismo. Oh, certo che mi piace, ma non ho mai dato troppo peso al mio aspetto, guardandomi allo specchio. Solo che ad un certo punto ero stanco di giustificare il mio pallore e sentirmi domandare: "Ma è sicuro di sentirsi bene? Sa, è così pallido!"

Si vede che si tende a diventare ciò che si fa.

Non è proprio vanità, ma una maggiore voglia di normalità, forse di passare inosservato. Di mescolarmi tra la folla senza poter essere riconosciuto e additato da lontano. Il Pallore è un vecchio compagno di viaggio silenzioso e scarno. Mi ci sono tanto affezionato che lo tutelo con la barba, piuttosto che snaturarlo con delle lampade. Lo nascondo. Un po' perché non mi piace l'idea di far finta di prendere il sole chiuso in una specie di bara, con le ventole che fanno un fracasso d'inferno. E poi perché non servirebbe a niente. Sì, perché in realtà ci ho provato una volta, da giovane, ma lui non lo ha gradito. Lui, il Pallore, dico. Con la "P" maiuscola. È diventato tutto rosso, bruciando come carne viva, per poi tornare beffardamente al suo colore abituale il mattino seguente. Non farlo mai più, era il suo messaggio.

Anche al mare, quando vado per vedere i piedi, mi copro con un cappello tipo panama. E indosso camicie a tinte chiare di lino, morbide. Sembro uno spaventapasseri.

Sembrava uno spaventapasseri.

Faccio sempre un gioco. Penso a come sarà la mia tomba e cosa vorrei che ci fosse scritto sulla lapide. A quale frase, da morto, rappresenti al meglio la mia vita. Una frase lapidaria, ci vuole.

Lapidario. È un aggettivo che mi piace. Mi si addice, e cerco di esserne meritevole. Di parlare per frasi lapidarie. Mi fa piacere quando mi dicono: "Come sei lapidario". È un po' come dirmi che sono professionale, in fondo.

Era così lapidario.

Tre

Amo i morti, mi piace star con loro. Non è mai capitato che la fantasia mi giocasse brutti scherzi. Vederne qualcuno che aprisse gli occhi, o che si muovesse di colpo. Qualche volta mi è sembrato che reagissero, in qualche modo. Quando li giro con movimenti precisi e decisi mi sembra che sbuffino, grugniscano, che si lamentino in qualche maniera. O che sospirino, a volte. Mi ci sono abituato. Non ne ho mai avuto paura. Una volta ad una signora anziana ho visto le gote imporporarsi al momento di metterle le mutande, come se si vergognasse ancora. Un candore che perdurava oltre la vita, o oltre la morte. A volte con questo confine ci si perde. Del resto era ancora signorina, single, o zitella, e poteva non aver mai visto un uomo. O un uomo non aver mai veduto lei.

Che buffo il sesso dopo la morte! Una volta mi è capitato un uomo a cui il rigor mortis aveva concesso l'erezione più duratura della sua vita. Un'erezione di cui andare fiero. Ed io lì a cercare di vestirlo con il suo abito migliore con questo suo coso che non si abbassava. Sono arrivato a pensare di tagliarglielo ed infilarlo nella tasca dell'abito. O nasconderlo sotto la schiena. Insomma, non si poteva esporre il cadavere ai suoi cari così, con quel rigonfiamento. Io sono sì per l'integrità, ma fino ad un certo punto!

Poi era passata, per sua fortuna.

Sono convinto che non bisogni aver paura dei morti, ma dei vivi. Sono loro ad essere pericolosi, maleducati ed irrispettosi.

C'è ancora gente, qualche ragazzino, che entra di corsa e mi fa qualche scherzo.

"Morto fresco di giornata ne ha? Me ne dia due chili", oppure "Ho bisogno di una fetta di culo, sodo e magro, ha qualcosa?". "Uccelli ne avete oggi?". Cose così, come se entrassero in una macelleria umana. Non hanno rispetto della morte né degli esseri umani trasmigrati. Ma sono così giovani, la morte è ancora una perfetta sconosciuta.

A scanso di equivoci, in ufficio ho una pistola. Una Smith & Wesson modello 49 Bodyguard dell'82.

Un regalo di mio zio. L'aveva trovata in un bosco, o così aveva sempre sostenuto.

Mancavano i numeri di serie.

Chissà da dove arrivava. Me l'ha regalata per disfarsene, credo.

Tante volte, prima di trovare questo mite equilibrio, ho pensato di usarla contro di me. Puntata contro il torace, dalla parte del cuore. Poi me ne sono dimenticato ed ora non ci penso più.

Qualche volta scherzando ho pensato che potrebbe servirmi per sparare in testa ad uno zombie, se qualcuno dei miei "ospiti" dovesse alzarsi dalla bara. Ma so che non succederà. Sono altri i pericoli, perché il genere di prodotti che tratto non mi tiene al riparo dai soliti ladri, per loro l'incasso di un gioielliere o di un beccamorto non fa differenza.

E qui troveranno qualcuno agguerrito. Perché non temo troppo la morte. La rispetto, ma non la temo.

Rispettava la morte, ma non la temeva.

Quattro

Nessuno vuol fare il mio mestiere. Cosa vuoi fare da grande? Il beccamorto. Mai sentito, vero? Io invece mi sono sentito più volte un predestinato. A torto. Faccio questo lavoro perché mi sono trovato un'attività già avviata, che non conosce crisi. Solo la concorrenza può ucciderla. Ma non è una minaccia seria. Tutti vogliono aprire un bar. Vogliono la vita intorno, non la morte.

Ma secondo me sbagliano.

Provate a pensare questo concetto, apparentemente puerile: gli insiemi disgiunti. Sapete cosa sono due insiemi disgiunti? Si dicono disgiunti due insiemi che non hanno alcun elemento in comune. In termini più tecnici, due insiemi sono disgiunti se la loro intersezione è l'insieme vuoto. Il mondo dei vivi e quello dei morti sono insiemi disgiunti. Eppure, a me quotidianamente succede di trovarmi nella stessa stanza con un elemento dell'altro insieme. Io vivo e lui morto, insieme. E ci possiamo perfino toccare. Ci sono momenti, il primo momento di solito, in cui ho un po' di timore ad allungare il dito, come se dovessi prendere una scossa. Come se cercassimo di mettere in contatto la materia e l'antimateria. Varcare i confini imposti dal Creatore. Ci pensate a quanta distanza c'è in quei pochi millimetri che separano il mio dito, dove scorre il mio sangue, dalla pelle fredda di un cadavere?

Forse lo penso per tenere un po' le distanze, per non considerare quei corpi come i colleghi e le persone che tutti gli altri incontrano nelle loro abitudini lavorative.

Tramite tra insiemi disgiunti.

Forse un po' criptica.

Cinque

Oggi è arrivato lo zio di un amico. Chiunque muoia è sempre zio di qualcuno, tutto è relativo nelle parentele. Una di quelle facce che quando le vedi per strada sai per certo di conoscere da sempre ma non ricordi per quali legami.

È buffo, ma la morte lontana a volte risulta meno comprensibile di quella vicina. Perché quella di una persona cara la si affronta un po' ogni giorno, disgregandola. Invece quella dei conoscenti è come se la si affrontasse da zero ogni volta. Ce ne si dimentica, e quando ce ne ricordiamo o qualcuno ce la fa notare ci sorprende sempre. Ce ne fa dispiacere più volte nel tempo. Gli scherzi della morte. Perché poi non ha molto altro con cui scherzare.

Io adoro la morte. Penso che sia una delle cose più giuste di questo mondo. Se ne infischia di qualsiasi cosa. Di meriti e di virtù, così come di vizi e di colpe. Se ne infischia dei contesti spazio-temporali. Può scegliere qualcuno nel giorno più bello della sua vita, così come nel più brutto. Un giovane, un vecchio. Un bambino. La morte ha pazienza. L'eternità le appartiene.

Per questo zio, morto di giornata, mi chiedono un servizio ordinario, bara modello base. Morto in buone condizioni, solo un po' di trucco per completare l'opera. Farà un figurone, nel suo abito del matrimonio. Perché spesso è l'unico che hanno le persone di una certa età. Solo che gli anni sono passati, e il girovita si è un po' lasciato andare. Sapete come si fa? Via, non è un gran segreto: lo si scuce sul retro. Lo si strappa, in modo da chiuderlo impeccabilmente davanti. Il dietro non interesserà più a nessuno. Lazzaro non ci avrebbe fatto una bella figura.

Avrebbe messo in imbarazzo Lazzaro.

Sei

Quasi ne approfitto per farmi un po' di pubblicità. Perché sono fiero di questo tabellone luminoso che ho messo in vetrina dove campeggiano i servizi che la mia attività offre. Lo riporto integralmente e magari do qualche spiegazione.

I nostri servizi
Trasporti salma Italia-estero
Previdenza funeraria cremazioni
Lavori cimiteriali e monumentali
Servizi floreali e musicali
Dispersione delle ceneri con aereo privato
Corrispondenti in tutto il mondo
Servizio di pullman per cerimonie
Autofunebri Limousine
Camera mortuaria privata e servizio di tanatoprassi

Qualche spiegazione perché mi immagino lo scetticismo e i sorrisi compiacenti e derisori. Trasporti salma Italia-estero è effettivamente una cosa rara. Mi è capitato di dover curare il rimpatrio della salma di un caporale morto in Afghanistan. Vi risparmio le condizioni in cui ho trovato il corpo perché nutro profondo rispetto per le vite sacrificate.

Previdenza funeraria cremazioni. Considerate che bisogna pagare una specie di assicurazione sulla vita per aver diritto alla cremazione. Bisogna pagare in anticipo, e il nome del prodotto che vendiamo è più o meno questo.

Servizi floreali e musicali. Quelli floreali non mi sento di doverli spiegare. Invece può sembrare strano ma molti lasciano disposizioni per avere un accompagnamento musicale durante le esequie. I grandi classici sono *Who wants to live forever* dei Queen, quasi a voler giustificare la propria morte, l'*Adagio* di Albinoni in tutte le salse, i *Notturni* di Chopin, la *Sonata al chiaro di luna* di Beethoven, l'*Halleujah* ripreso recentemente da Jeff Buckley, *The end* dei Doors, *Over the rainbow* o *What a wonderful world*. Sempre dei Queen *The show must go on*, anche se un po' pomposa come scelta. Gli anziani sono più per altre cose, vecchie canzoni anni '60 e '70 che si sono portati nel cuore per tutta la vita o canti dei loro paesi d'origine, oppure brani militari, tipo i canti degli alpini o il *Silenzio* eseguito con la tromba. I giovani invece sono più per cose tipo *November rain* dei Guns 'n' Roses o *Nothing else matters* dei Metallica. Da citare *Wish you were here* dei Pink Floyd, in una specie di autodedica, *Fragile* di Sting, *La cura* di Franco Battiato come lascito testamentario. Al termine della carrellata includo quelli che vogliono dire addio alla vita con allegria: l'*Inno alla gioia*, *Buonanotte fiorellino*, *Vivere*, *Redemption song*, *The lion sleeps tonight*. Non considerate la lista come esaustiva, ogni persona ha una testa e un cuore.

Per esempio una volta è entrato da me un signore che mi ha chiesto, ed ha voluto metterlo per iscritto, di avere il silenzio per le sue esequie. Io gli ho chiesto, perché di solito di quello si tratta, se lo volesse con la tromba, o con qualche altro strumento. Lui si è irritato ed anche un po' offeso.

"No no, voglio proprio il silenzio di tomba".

Anche come metafora ha scelto qualcosa di specifico per me, perché io capissi bene. Lo aveva detto a tutti, parenti e amici, talmente tanto che al funerale, perché poi era morto davvero, i presenti si davano di gomito l'un l'altro per zittire commenti e borbottii.

Proseguiamo con i miei servizi. Non vorrei avervi tediato.

Dispersione delle ceneri. Ad essere sincero questo servizio altamente innovativo, che ho copiato da un concorrente milanese visionario ben più grande di me, l'ho inserito a catalogo con grande scetticismo, mi sembrava proprio una sbruffonata. E invece sta andando alla grande. Forse l'idea di essere dispersi in volo dà l'impressione di essere più liberi. E chissà che non possa anche dare un contributo all'agricoltura rendendo più fertili i campi.

La tanatoprassi è il «trattamento estetico delle salme prima delle esequie», il cuore del mio mestiere, nonché la mia specialità.

Per il resto mi sembra che sia tutto chiaro. Venite da me, vi tratterò bene.

Sperando che non sia troppo tardi. Per voi come per me.

Basta poco, ed è troppo tardi.

Sette

Parlo spesso con i morti. Ma non pensate che sia pazzo. Lo faccio consapevolmente, come un gioco. Perché a volte la presenza della morte è opprimente, nel silenzio del mio studio. E accendere la radio non basterebbe, anche se lo volessi fare. E non lo faccio, perché in realtà adoro il silenzio.

Accidenti, a volte penso che io sarei potuto vivere in un'epoca remota, ben prima della rivoluzione industriale. Sto bene al buio, in silenzio, faccio un lavoro per il quale non serve nulla se non un corpo umano, degli abiti e una cassa di legno. Materie reperibili già chissà quanti secoli fa. Sono cambiate solo le spezie e gli unguenti, anche se quelli che c'erano al tempo degli Egizi potrebbero andare bene ancora oggi.

Non parlo con tutti. Solo con quelli che mi ispirano qualcosa. Fiducia, simpatia, tenerezza. Ammirazione. Parlo a voce alta. Così sento la mia voce riecheggiare nel silenzio. Tanto per ricordarmi che voce ho, e tenermi allenato a parlare. Loro non è che mi rispondano, sono io che penso le risposte che potrebbero darmi.

Parlo da solo, a voler essere pignoli.

Parlava coi morti. Anzi, parlava da solo.

La signora Giustina è arrivata da me un giovedì pomeriggio. Funerale fissato per il sabato alle quattordici. Morta per un numero di cause imprecisate che possono essere ri-

19

condotte ad una vecchiaia difficoltosa. Uno sguardo fiero, un naso aquilino. Gli occhi marrone scuro che con gli anni si sono un po' schiariti.

Anche i morti possono essere guardati negli occhi.

Solo che ci vuole tempo per abituarsi agli occhi senza vita. Soprattutto nei vecchi si nota l'assenza di scintilla, e gli occhi sembrano frammenti di vetro sporco.

La signora Giustina doveva essere una bella rompiscatole, a giudicare dalle rughe di sdegno che gli anni le hanno lasciato in volto. Una vecchia brontolona, autoritaria e di carattere, con un animo bonario sotto la scorza. Ho pensato subito che sarebbe stato divertente parlare con lei.

Signora Giustina, mi racconti un po' di lei. Si è sposata?

Sì. Quando mai!

Perché, non è stato un matrimonio felice, il suo?

Mah, lasciamo stare. Ai miei tempi dovevi sposarti entro i vent'anni, altrimenti eri andata. Come cibo avariato. A diciannove e mezzo ho preso l'unico che mi aveva fatto la corte.

In effetti non dà l'impressione di essere stata una bellezza neppure in gioventù. Non glielo dico, è un gioco serio, il mio.

Non mi dica, avrà avuto tanti pretendenti.

Eh. Uno, cara e grazia. E a sapere che era così, lo avrei preso a calci nel sedere.

Perché? La trattava male?

Ci mancava solo questo! Gliel'avrei fatto vedere io, allora.

Lo dicevo che doveva avere un bel caratterino. E queste mani callose potevano diventare armi micidiali.

Ma no, è che voi uomini siete inutili per la maggior parte delle cose che servono nella vita.

Non starà esagerando?

Neanche un po'. Solo la forza, avete di più. E solo quella fisica. E neanche sempre. E siete sempre dietro a lamentarvi. Vi tagliate un dito e bisogna soccorrervi e accudirvi come i bambini. A voi uomini piace rimanere bambini tutta la vita. A ciucciare mammelle e farvi servire. Ci sguazzereste.

Non ribatto. Mi sa che rischio di farla inalberare ancora di più. Magari a stare zitto faccio la cosa migliore.

Oh, ma lei si vede che è diverso. È un uomo abituato a badarsi da sé.

Lo sapevo, io. Sono uno psicologo, ormai, con i morti. E non pensate che sia solo perché penso io anche le risposte, perché a volte non lo prevedo neppure io quello che mi diranno. Come se davvero fossero loro a parlare.

Come mai lei è da solo, invece?

Oh, ho avuto una storia ma non ha funzionato. Poi il tempo è passato...

Il tempo passa sempre e comunque.

Già...

L'ha lasciato la sua fidanzata?

Annuisco.

Allora avrà avuto le sue ragioni!

Accidenti a questa vecchia scorbutica. Non rispondo.

Maschi! Ah, bisognerebbe trovare il modo di riuscire a farne a meno sul serio.

Ha un modo di fare finto arrabbiato che mi mette allegria. Nonostante tutto è piacevole parlare con lei. Peccato però che io non possa mai costruire rapporti più duraturi con le persone. Con quelle morte, intendo. Mi affeziono, a quelle che scelgo per parlarci insieme.

Non si possono avere rapporti duraturi con dei cadaveri.

I piedi della signora Giustina sono duri e consumati. E deformi. Li ha usati tanto. Deve essere stata in piedi a lungo, indossando scarpe grosse e pesanti. In gioventù magari neppure del suo numero, scarpe ereditate da sorelle e cugine. Li accarezzo, ne sento la rugosità, la durezza dei calli. Quante volte le hanno contemplato i piedi, signora Giustina?

Ha una nocca dura all'attaccatura dell'alluce. Un principio di alluce valgo. Dei piedi oggettivamente brutti, oltre che vecchi. La vecchiaia non promette nulla di buono, sul piano estetico. Potrei raddrizzarle questo alluce deforme con un gesto rapido, spezzandolo. Non si lamenterebbe certo, la signora Giustina, con la tempra che ha. Né qualcuno potrebbe avere qualcosa da ridire. Ma non lo faccio. Sono per l'integrità dei corpi, al netto dei trapianti. Ho rispetto dei morti, io. Accarezzo la deformità con la punta delle dita, piegando il polpastrello per strofinarci un'inezia di unghia. Un graffietto. Non le faranno più male i piedi, signora Giustina, stia tranquilla.

Otto

Un giorno la vedo passare, rapida. Come una pennellata di colore subito assorbita dal vetro opaco. Tanto rapida ed evanescente da convincermi di non avere visto niente.

Eppure...

Un alone arancio, rosso e giallo.

Un sole sorto e tramontato in pochi istanti.

Che ore sono?

Le cinque e mezzo. Tardi. O forse presto.

Ma soprattutto dalle vetrine del mio negozio non si vede il sole tramontare, né ora né in nessun altro momento. Un edificio con intorno altri edifici con intorno altri edifici ancora. Detto così sembra che io sia al centro del mondo, o anche solo di questa piccola cittadina.

Invece sono un uomo qualunque in un punto qualunque dell'universo. Come quasi tutti.

Mi siedo lentamente, con le mani sulle cosce. Devo essere stanco.

Mi guardo le mani. Toh, sono belle. Pallide, certo, forse persino più della mia faccia, ma belle. Grandi ma delicate, armoniose.

Sollevo lo sguardo giusto in tempo per rivedere lo stesso passaggio, ma questa volta nella direzione opposta. Il tramonto e poi l'alba, ma di giorno, e una notte intera dentro me.

Un sole con due occhi. Sono sicuro che abbia girato la testa, ha guardato dentro. Non so come si faccia ad essere sicuri, in certi momenti, ma è così. Occhi azzurri che si sono incrociati con i miei. Probabilmente senza vedermi. Occhi azzurro cielo, e il sole intorno.

Poi, come d'incanto, imbrunisce.

Non la rivedrò mai.

Io ho smesso di credere nell'amore.

Aveva smesso di credere nell'amore.

Nove

Quanta terra bisogna gettare su una storia passata per poterla considerare morta? Io di morte me ne intendo, ma solo di persone morte, e non è la stessa cosa. Ci puoi fare quello che vuoi, con una persona morta, è tutta sottomessa alla tua volontà. La muovi e la plasmi, con le mani. Un amore morto, invece, no. È ancora lui a fare di te ciò che vuole, come se fossi tu il cadavere. Forse significa che l'amore non può morire. Oppure deve morire la sua radice dentro di te, per togliergli la forza vitale, e distruggerlo definitivamente. Il tuo contributo a quell'amore. Se quello muore, sei fuori pericolo.

Come togliere il germe di un amore da dentro la nostra carne?

C'è da sperare che muoia per incuria, come una pianta non annaffiata. Che muoia avvizzito e secco. Non amare più. Non vivere. Non provare sentimento alcuno.

Oppure un nuovo amore. Potrebbe togliere ossigeno e farlo seccare prima. Potrebbe bruciarlo con una delle sue vampate.

Ma chi ha voglia dell'amore quando sta lottando per ucciderlo?

Anzi, chi ha più voglia dell'amore?

Io non alzerò certo la mano. Ci sono infinite ottime ragioni per starne alla larga. Soffri, in amore. Soffri sempre e troppo, sia che le cose vadano bene sia che vadano male. Maceri nei dubbi, nelle incertezze.

La mia ex fidanzata era una persona normale. Lo è ancora, non è morta. Era più normale di me. E non lo dico con accezione negativa, non ci penso neppure. La normalità è una qualità che tante volte ho desiderato avere. Lei ce l'ha. E penso che volesse qualcuno di più normale di me al suo fianco.

Io la capisco, tutto sommato.

Lei era la mia sola speranza di avere una vita normale. È il mio tentativo fallito di essere io stesso normale. Perché non ne ho volute altre, di possibilità.

E adesso che ho capito, sono quasi più sereno. Posso smettere di fingere. Posso evitare di comportarmi come fanno gli altri. Posso evitare di andare nei centri commerciali la domenica pomeriggio. Posso evitare le masse. Posso vivere piano. Muovermi piano, camminare lentamente. Un passo dopo l'altro. Posso tenere la TV spenta e le luci abbassate. Posso guardare lontano in silenzio, immobile senza dire nulla per ore. Posso parlare con gli animali così come faccio con i morti. Posso respirare il profumo della nebbia. E quello della pioggia. Ma anche del sole. E quello delle persone morte senza sentirmi pazzo. Ci si sente pazzi solo se si ha un modello di normalità a cui aderire. Perso un simile riferimento, non esiste più neppure la pazzia.

Aveva cancellato la pazzia.

Dieci

Certo, ci ho messo un po' ad accettare la situazione. Ci ho messo un bel po', un lungo periodo di tempo in cui sono stato depresso, e in cui ho pensato al suicidio. Via, non può sembrarvi strano, vero? Vi pare che uno come me, che dà del tu alla morte quotidianamente, non abbia una profonda conoscenza del suicidio? Non lo abbia mai valutato, mentalmente inscenato e addirittura giustificato? Mi sono visto prendere in mano la Smith & Wesson, puntarmela sul torace, dalla parte del cuore, con il pollice sul grilletto. È una scena che la mia testa ha davvero visto tante volte, talmente tante che mi capita spesso di stupirmi di essere vivo. Vivo in questo mio modo tenue ma rassicurante.

In fondo non deve poi essere così malvagia, questa morte. Non ho visto facce tristi o sofferenti. Nessuna contrazione di dolore. Niente fronti aggrottate da pensieri torbidi.

Solo volti distesi e rilassati.

"Ha avuto una bella morte".

Quante volte lo avete sentito dire? Si dice quando è sopraggiunta di soppiatto, senza farsi vedere né sentire. Quando è arrivata all'improvviso, evitando lunghe agonie. Quando non ha dato il tempo di rendersi conto di nulla, neppure di morire. Ma la morte è sempre bella. È la vita, a volte, ad essere atroce.

Poi mi è capitato un cadavere con delle vistose ecchimosi sul collo. Sembravano tracce di corda ruvida.

All'inizio tentenno, ma allo stesso tempo temo le risposte. Il rischio riguarda i benefici dietro al gesto. Cerco di distogliere lo sguardo, gli guardo i piedi, mio abituale conforto, ma noto le ipostasi a calzino. Per conferma guardo le mani: un velo come di guanto rossastro le ricopre, intensificandosi verso le punte. Deve essere rimasto appeso a lungo. Mi giro di scatto a guardargli la faccia.

Ti sei impiccato?

Glielo chiedo d'improvviso, stupito della mia stessa voce.

Tu che dici?

Ma con il cappio al collo, dico io!

L'idea di spiaccicarmi al suolo non mi faceva impazzire. Troppa violenza. E armi da fuoco non ne ho. Poi, anche lì, troppo sangue, troppa violenza. Insomma, io ci tengo a me, almeno al mio corpo. Volevo morire, ma con il minimo indispensabile.

Ma... perché? Se posso...

Perché dovrei dirlo proprio a te? Le motivazioni sono sempre e comunque molto soggettive, per questo genere di cose. Se anche te le dicessi tu le sminuiresti, non sarebbero mai sufficienti per un suicidio, ai tuoi occhi.

Questo è vero. La motivazione vale per una sola persona in un solo momento. Poi non basta più.

Ma di motivi ne avevi, immagino...

Sì, quello sì. Però... diciamo che è una cosa un po' estrema da farsi.

Ma che dici?

Eh, insomma, sei lì, disperato, ti sembra di non avere sbocchi, di essere il più meschino sulla faccia della Terra, ti senti un po' giù. La tristezza a volte è insopportabile. Però, una volta tolto il peso, a pensarci bene adesso – che è un po' tardi a dirla tutta – c'è chi sta peggio.

Come c'è chi sta peggio? Ti sei appena suicidato!

Eh, lo so. Però davvero c'è chi sta peggio. Che so, un malato terminale.

Faccio le corna con la mano.

O chi non ha un tetto sopra la testa né alcunché di cui vivere.

Qui sono a posto.

O chi è terribilmente solo, senza nessuno che lo ascolti, senza un po' di calore umano.

Qui a dire il vero non sono messo proprio bene. Ma non penserà di convincermi con così poco.

E poi?

Poi cosa?

Come, poi cosa? Ma sì, i grandi temi dell'esistenza umana: la felicità, l'amore, la morte, questa vita incompleta, questo struggimento alla ricerca della perfezione, dell'assoluto, del...

Qui succede una cosa incredibile. Un miracolo. Per la prima volta da quando faccio questa specie di gioco, mi sembra che il cadavere non si limiti a parlarmi, ma muove l'avambraccio di scatto, con la mano tesa.

Ma vaffanculo, Ernesto.

Ma vaffanculo, Ernesto.

È come quando siamo arrabbiati con qualcuno e improvvisamente ci accorgiamo di volergli bene. Come essere arrabbiati con il nostro cane che ci guarda con occhi dolci. Ti si sgonfia la rabbia. E così per me, il suicidio mi è parso un gesto che avrebbe permesso alla gente di ridere di me. È vero che non sono tanto orgoglioso, ma fare una cosa così vistosa con il rischio di essere ridicoli è l'ultima cosa che vorrei fare.

Undici

Io non le porto rancore.

"Sembri un vecchio", è la frase che penso mi abbia detto più volte.

Penso che ad ogni persona che conosciamo si potrebbe associare una frase, una sola.

"Sembri un vecchio".

Quella che vi viene in mente quando cercate di visualizzarne la faccia. Per esempio, mio padre per me è la frase: "Io non sono competente". Perché al di fuori di ciò che ha sempre fatto non sa praticamente fare nulla. Non si è mai cimentato, convinto in maniera ferrea che per ogni cosa si debba essere altamente specializzati. Mio cugino Stefano è: "Se lo fa lui, lo posso fare anch'io". Mia madre è: "A testa bassa". Gigi, uno che occasionalmente trasporta bare per arrotondare, è "Che minchia vuoi?"

Hai cambiato macchina?

Si, che minchia vuoi, quella vecchia ormai aveva un sacco di grane.

Oggi sono proprio stanco

Eh, che minchia vuoi, il lavoro ti consuma.

Sabato pomeriggio c'è un funerale, ci sei?

Devo giocare a calcetto, che minchia vuoi! Sarà per la prossima volta.

Non è da tutti riuscire a far diventare normale una frase che oltre ad essere volgare potrebbe risultare offensiva. Lui l'ha fatta entrare nelle nostre orecchie. Nessuno ci fa più caso.

La cassiera del bar dove bevo il caffè è invece: "Non posso crederci!"

Silvy, non posso crederci, hai visto che si sono riuniti i Take That?

Hai tagliato i capelli, non posso crederci!

Ma anche frasi di una certa sofisticazione: Non posso crederci, sono troppo giù oggi.

Proprio una grande scettica.

Ecco, lei era, almeno per me, "Sembri un vecchio". E, in alternativa, "Non ce la faccio più", ma come frase generica, non rivolta sempre e necessariamente a me. Chissà se per qualcun altro adesso magari è: "Ti adoro", "Come mi sento bene", "Vieni qui".

Stanchi, eravamo sempre terribilmente stanchi. Mortalmente stanchi, oserei dire.

La sofferenza stanca molto.

La solitudine meno.

La morte è riposo.

Non le porto rancore. Non porto rancore a nessuno. Tranne forse a mio padre.

Non portava rancore a nessuno. Con riserva.

Dodici

Sono anni che non penso a mio padre. Che non penso di dover fare qualcosa con lui. Di parlarci. Anche i rapporti familiari più stretti, quelli che non possono essere eliminati, prendono pieghe indecifrabili.

Da quando ho voluto rilevare l'attività, questa delle casse da morto che nessuno avrebbe potuto desiderare, lui mi ha tolto il saluto. Non si è opposto, né ha mosso critiche. Solo non mi rivolge la parola. Perché la nostra delle pompe funebri è un'attività che si tramanda di padre in figlio da generazioni e io non me la sono sentita di sottrarmi a questo dovere. Lo aveva già fatto mio fratello. Mio fratello Giovanni, più grande di cinque anni, non era minimamente interessato alla cosa. Ha un ruolo di responsabilità in una multinazionale di cosmetici e non se ne accorge, ma più o meno abbiamo a che fare con gli stessi prodotti. Solo che lui li propone ai vivi, io li uso per i morti.

Se vado a trovare i miei, mio padre esce silenziosamente dopo che sono entrato io. Non lo vedo neppure. Sento solo l'odore delle sue sigarette senza filtro. Deve essere l'unico rimasto a fumarle. L'unico rapporto fisico che ho con mio padre è il suo fumo che tardivo mi entra nei polmoni. Un avanzo di fumo di sigaretta.

A me dà fastidio, il fumo. Cerco di non respirarlo. Tossisco, irritato.

Mi sono adeguato a questo suo volere.

Non mi vuoi? Molto bene, io non voglio te. Nella posizione di figlio questo gioco è sempre possibile, viene persino facile. Si pensa che forse c'erano ancora dei conti in sospeso. A volte per detestare qualcuno non basta che un pretesto. Persino il proprio padre.

Mi spiaceva per mia madre, solo quello. Perché lei era in mezzo, e avrebbe voluto vederci pranzare tutti insieme la domenica, intorno alla stessa tavola imbandita, come tutte le famiglie normali che si pensa siano felici.

Hai bevuto?

Non dire cazzate.

Ok, hai bevuto.

Da bambino non riuscivo a capire perché si dicesse "allegro" di uno che aveva alzato il gomito.

Mio padre beveva sempre ed era sempre incazzato. E più beveva e più si incarogniva.

Scavava negli anfratti più bui e profondi del suo essere e ne tirava fuori questioni vecchie di anni, irrisolte o addirittura già chiuse.

Ne spezzava i sigilli e le riapriva. Poco importava che le risposte poi fossero sempre le stesse, anche ripetute più volte nella stessa serata. Lui era cieco e sordo.

La sua rabbia lo era. Non gli importava nulla delle giustificazioni e motivazioni, non le sentiva neppure, voleva solo sputare il suo veleno in faccia a chi gli voleva bene. Voleva imputridire le persone, intorbidare gli umori, insinuare dubbi.

Le ripetizioni pesano. Alla fine qualcosa entra dentro.

E il suo veleno era inesauribile. Soltanto il sonno poteva fermarlo.

A volte si addormentava con la tazzina in mano, piena di caffè bollente, sollevata a mezz'aria. Si svegliava per le ustioni alla mano, quando il caffè colava fino al polso.

Io ascoltavo con pazienza tutto il suo fiele, dando risposte sensate che non aveva nessuna intenzione di ascoltare. E poi mi sentivo in colpa per non essere riuscito a penetrare in quella spessa cortina di rabbia. Per non essere riuscito a disinnescarla.

Non era riuscito a disinnescare la rabbia.

Altre colpe non ne sento addosso. Solo quelle verso la mia famiglia, che forse sono le uniche vere per tutti gli uomini. Per stemperarle un po' sono sempre rimasto qui, dove vivono anche i miei genitori.

Tredici

Malnate. Il femminile plurale probabilmente è per ben camuffarsi tra i paesi della zona, i vari Buguggiate, Azzate, Bobbiate, Besnate che hanno la stessa radice celtica. Ma qualcosa di storto circa la nascita del paese doveva esserci stato, con un nome così.

"Paese della marna", dice con orgoglio chi non è nato da queste parti e vuole trovare un motivo valido per esserci finito, alludendo alla marna, roccia argillosa di cui il territorio è ricco. Gli anziani sorridono, così come chi è qui da sempre, ripensando alla regina Longobarda Teodolinda che definì "malnate" le persone della zona. Che non significa deformi, ma delinquenti, furfanti. Ma non si può dire, le offese perdurano nella storia più di ogni altro ricordo, perfino più degli olocausti.

È un paese nato piccolo, con i suoi servizi adeguati a un paese piccolo. Poi era cresciuto tutto d'un botto, tanto in fretta che non c'era stato tempo di adeguare i servizi e gli spazi, e neppure di tenersi da parte una riserva dove poter farli crescere. Le case e le palazzine erano arrivate ovunque, soffocando ogni cosa in una stretta micidiale e avvilente.

Case per un mare di gente che ci finiva dentro quasi senza volerlo.

É un luogo di frontiera, confine tra le province di Varese e Como, ad un passo dal confine italo-svizzero, e la ferrovia verso Milano lo rende a suo modo un paese appetibile. Un luogo dove vivono un sacco di persone che però vorrebbero essere altrove. Una zona piena di immigrati da tutte le parti d'Italia e dalle zone meno fortunate del mondo, come l'Est europeo e il Nord Africa.

I varesotti hanno per la loro Terra gli stessi sentimenti degli emigranti, ma senza esserlo. Forse perché le risorse e la vita, per quanto vicine, devono essere colte con un pendolarismo quotidiano che è quasi un emigrare giornalmente.

Io sono tra i pochi fortunati che vivono e lavorano qui, in questo paese. Molti si sentirebbero in gabbia, oppressi da una routine infallibile e da un mondo tanto stretto e provinciale. Io no. Mi tranquillizzano questi confini certi. Mi tranquillizzano le mie rigorose abitudini. Non riuscirei a vivere senza le montagne intorno, a circoscrivere il mio mondo. È un bisogno di protezione, di qualcuno che mi contenga, mi argini come con le braccia. E che dia dei limiti al mondo in cui vivo. Le montagne, barriera naturale che anticamente proteggeva il territorio da facili invasioni nemiche, sono ora lì a tagliarne fuori il dolore, il male. Non tutto, ma una buona fetta. Che non è che così sparisca, ma almeno non lo vedo.

Penso che ormai la mia psicologia si inizi a delineare con chiarezza.

Era tranquillizzato dai confini certi.

Quattordici

Alle dieci e un quarto vado al bar a bere il caffè. Tempo fa avevo provato a farmelo portare qui, ma avevo notato l'espressione di fastidio sulla faccia della cameriera. La morte non è per le persone banali. Tanto saranno settantacinque, massimo ottanta metri, fino al caffè Capriccio. Le ragazze che ci lavorano lo incarnano bene, il capriccio. Hanno una divisa pantalone grigio e camicia bianca con cravatta grigia e sono tutte ammiccanti. Ce n'è una con un fondoschiena gigantesco e compatto. Planetario. Un'enormità, pieno e sporgente. Fa venire voglia di urtarlo per vedere come risponde. Se è elastico e quanto. Nulla più di un esperimento di fisica.

Mi vergogno a farmi vedere che lo guardo, tanto è ostentato e vistoso. Non mi è mai piaciuto passare per un viscido. Allora lo guardo facendo finta di non guardarlo. Fingo disinteresse, sperando inutilmente che nessuno mi noti. Questo sedere mi attira come ci attirano i fenomeni da circo.

Il solito caffè, signor Ernesto?

Sì, grazie.

Le vedo che si scambiano sguardi d'intesa. Sorridono.

Una volta le ho sentite dire che sembravo già morto anch'io. Per via del mio Pallore, probabilmente.

Il suo pallore recava con sé anticipazioni della morte che lo attendeva.

La Solitudine non mi tratta così. Non mi deride.

La Solitudine. Condizione ottimale per evitare l'insorgere di malintesi e litigi. Condizione priva di ambiguità e disaccordi.

Tutte le decisioni sono prese all'unanimità. E gli sbagli non saranno rinfacciati da nessuno. È una condizione che ha una serie piuttosto lunga di pregi. E un solo difetto, riconducibile a sé stessa. Alla sua natura.

Sono fermamente convinto che il peso della solitudine si senta solo nei momenti di gioia. Si soffre l'assenza di qualcuno con cui condividere la gioia. Il resto tutto sommato si può ben gestire in solitudine. E la gioia è molto, molto rara.

Pertanto, bisogna evitare di considerare la solitudine un peso. È invece leggerezza. Totale. La Solitudine, con la "S" maiuscola. L'autarchia della filosofia cinico-stoica: autosufficienza come garanzia di virtù e di felicità, raggiunta tramite l'annullamento delle passioni. Ecco il mio obiettivo.

Bisogna soltanto convincere il nostro corpo e qualcos'altro disperso non si sa dove al suo interno che non vi è nessuna esigenza da soddisfare. Che ci si basta. Io, quella faccia bianca barbuta che mi guarda dallo specchio con quegli occhi marroni come ce ne sono milioni, sono autosufficiente. "Autosufficiente", recita il dizionario, "bastante a se stesso". Lo dice la linguistica, oltre alla filosofia.

Visse solo, amò solo, morì solo.

Non male, vero?

Quindici

Una volta zittivo la mia compiacente Solitudine e sognavo.

Sognavo una donna che entrasse nella mia bottega (scusate se non mi viene da chiamarla negozio o in altri modi che si addicono ad altri settori) e mi fissasse dritto negli occhi. E mi facesse un sorriso malizioso. Mi guardasse con desiderio.

Credo che tutti, al mondo, abbiano il diritto di sentirsi desiderati.

Anche per poco e per una sola volta. Possibile essere scelti solo perché non c'è altro?

Una donna che mi facesse capire che mi voleva. Anche per finta. Prendetemi in giro, tenetemi nascoste le peggiori verità. Io sono un credulone felice. Non scaverò a fondo tra le vostre menzogne. La superficie è per me abbastanza, perché è con quella che io abitualmente lavoro.

La morte in un attimo cancella quel velo di umanità che abbiamo. Ci riporta alla condizione di materia organica. Diventiamo ossa, grasso e carne. Nel giro di poco siamo indistinguibili da un qualsiasi altro essere vivente.

Il mio lavoro è impedire che ciò accada. Ritardarlo il più possibile, poter mantenere integra l'umanità di un corpo, affinché possa essere guardato da parenti e amici. Possa essere riconosciuto e pianto. Do dignità ai corpi putrescenti.

Dava dignità ai corpi putrescenti.

Sono un illusionista, in questo. Gioco con le apparenze. Ritocco la superficie. Falsifico. Ma lo faccio a fin di bene. Gioco sempre con le superfici, per questo me ne sarei accontentato. Di una finzione di amore.

Lei, la Solitudine, faceva l'offesa, con espressione altezzosa.

Sedici

Ma non pensate che io passi la vita, anche solo lavorativa, in perfetta solitudine. Ho rapporti fissi con alcune, diciamo, figure professionali. Che potrei chiamare partner, con un termine moderno. Il prete, il custode di cimitero e i fioristi.

Io e Don Francesco ormai siamo intimi come due colleghi dopo anni di lavoro spalla a spalla.

Ha la voce acuta, per essere un uomo, e quando chiama al telefono e dice: "Sono Don Francesco" scandisce il suo nome sillabandolo in un modo che fa pensare stia seguendo mentalmente l'aria della *O Fortuna* nei *Carmina Burana* di Orff.

Don Fran-ce-sco (to-don)

Don Fran-ce-sco (to-don)

Mi sono domandato più volte se non sia una sua precisa scelta questa, per dare solennità ad un nome di sacerdote pronunciato con vocetta femminea.

Ci prendiamo in giro, io e lui. Perché un prete è prima di tutto un uomo, spesso con una buona dose di ironia. Almeno quelli intelligenti.

Mi è simpatico, Don Francesco. È piccolo e minuto, ma quando ti guarda negli occhi ti senti sempre colpevole di qualcosa. E sembra che lui lo sappia.

A volte parliamo della morte, io e lui. Ne parliamo senza rancore. Lui poi da bravo prete la vede una sorta di benefattrice, un lasciapassare per il regno dei cieli e la vita eterna.

Ci vediamo ai funerali.

Parliamo poco, la nostra comunicazione è visiva, fatta di impercettibili movimenti del capo e degli occhi. E sorrisi dissimulati. Perché non è bello sorridere ai funerali.

Saluto di arrivo: sguardo negli occhi, vigorosa e singola oscillazione del capo in avanti. Sorriso fugace. Sistemazione bara, corona di fiori e decorazioni. Sguardo e cenno.

Ad ogni necessità mi guarda e mi fa un cenno anche lui, piegando il capo verso sinistra, però.

Al momento della partenza: sguardo e sorrisetto. E via verso il camposanto.

Poi le possibilità sono due: cimitero principale o cimitero della frazione. Ogni beccamorto ha la sua zona, come la mafia.

Se ci si dirige al cimitero principale è facile: la gente a piedi scende per le scale, che partono direttamente dalla chiesa, mentre noi si fa il giro con il carro funebre, in mezzo ai budelli del centro storico. Se invece bisogna andare alla frazione tutti prendono la macchina, e si parte tutti insieme disordinatamente. Le processioni dietro il carro funebre non ci sono più, per fortuna. Andare per chilometri a passo d'uomo, anzi di vecchietta – che non è la stessa cosa – è logorante. Io adoro guidare il carro funebre in strada, perché posso andare piano senza paura di sentirmi insulti, ma non davanti al corteo. Accumulavo sempre tensione a livello dello stinco e qualche volta mi è venuto un crampo. E allora sì che è divertente, se ti scappa il piede e fai un allungo di cento metri con la gente dietro che prova ad accelerare. Chi ci riesce, almeno.

Il custode si chiama Tarcisio, e deve gestire due cimiteri.

Anche se ci sono imprese per fare praticamente tutto, dallo scavare le fosse alle pulizie delle tombe – con tanto di rimozione dei fiori appassiti, e tutti i cancelli dei cimiteri sono dotati di un sistema di apertura automatica temporizzata. Si limita a dare una tappata sommaria ai loculi durante i funerali, prima dell'intervento del marmista per sigillarli.

Insomma, loculi e pettegolezzi. Ma soprattutto pettegolezzi. Dei vivi non sa nulla, ma dal momento in cui spirano passano sotto la sua giurisdizione, e come per magia gli sono noti tutti i peccati commessi. Ogni tradimento, ogni menzogna, ogni minima truffa.

Quello lì una volta l'hanno visto rubare le cicche al bar, con tutti i soldi che aveva!

Ha tradito la moglie almeno tre volte. Brutto come il peccato era riuscito a trovare anche delle amanti.

Quella lì ha avuto un figlio prima di sposarsi, da un altro. Lo ha tenuto nascosto, sa una volta non era come adesso.

Penso sempre a lui con simpatia, perché ha la fortuna di avere la passione per ciò che fa. Adora i funerali. Si agita ed è tutto concitato quando ne capitano.

Oggi ce ne sono due, dice vibrando di impazienza a chiunque incontri, magari da Tito, il salumiere. I matrimoni nulla, nessuna emozione, neppure le messe solenni cantate. Solo i funerali.

I tuoi clienti non si lamentano, lo prende in giro Tito.

Mai, neanche uno. Non lo sfiora neppure l'idea che lo si prenda in giro.

Tarcisio sembra un po' indietro, a volte. Gli si fissa lo sguardo verso un punto lontano come se prevenisse l'arrivo di un UFO, mentre pensa o vede chissà che. Magari vede dei morti che lo salutano.

Però ha una memoria visiva ferrea e un senso dell'orientamento invidiabile. Sa dove trovare ogni defunto, e sa sempre la strada più corta per arrivarci. E vi assicuro che il cimitero è grande. Molto più di quanto ci si potrebbe attendere dal numero di servizi a disposizione degli abitanti vivi.

Mi viene a trovare tutti i giorni. Le nostre conversazioni sono scarne e superficiali, ma lui è sempre ansioso di sapere.

È morto qualcuno?

La democrazia, gli rispondo a volte, per prenderlo in giro.

Non la conosco. Era di queste parti?

Eh, una volta, una volta. Poi è andata all'estero. Sai com'è, la fuga dei cervelli.

E dove vanno tutti 'sti cervelli? Non stanno bene dentro i loro bei crani solidi?

Cosa vuoi, Tarcisio, non siamo mai contenti...

A volte mi ci infilo dentro io da solo, in certi scambi deliranti.

È morto qualcuno?

Franz Schubert, ma da un pezzo, però.

Era malato?

Non se la passava bene.

Cosa aveva?

All'inizio una malattia venerea.

Non sono mica quelle che vengono alle donne, le malattie di Venere?

Proprio. Agli uomini vengono quelle di Bacco e tabacco.

Diciassette

Il caffè lo bevo sempre da solo. È buono, al bar Capriccio. Ha un retrogusto di cacao, ma nessuno mi ha dato conferma, di quelli a cui ho provato a farlo notare.

Forse perché io lo bevo amaro. E nessuno mi fa la vecchia battuta: "Si vede che sei dolce dentro", come se fossi un cioccolatino Lindor. Chissà che paura devono avere delle mie reazioni.

Un caffè signor Ernesto?

Sì, grazie.

Di fianco a me arriva una nube di colore.

Uno anche per me, grazie

Macchiato?

No, liscio, grazie.

Questa voce trasuda efficienza e affabilità.

Mi giro e mi sento le mani che iniziano a sudare. Anche la fronte si sta imperlando, lo sento. Il mio pallore potrebbe risultarne addirittura accentuato: a differenza di molti che arrossiscono, io come reazione all'emozione impallidisco. La guardo, ma di sottecchi.

È lei, ha gli occhi celesti ed i colori del sole addosso, mischiati alla terra e all'erba. Un mondo intero, in una persona soltanto.

Arriva il mio caffè. Prendo la tazzina e me la porto alla bocca.

Mi ustiono il labbro. Incrocio il suo sguardo per un istante e cerco di sorriderle ma le labbra non si distendono. Continuo a sorseggiare caffè bollente mentre penso che come gesto estremo potrei dipingermi una bocca sorridente come il Joker di Batman. Bianco come sono sarei credibile, perfino senza trucco.

Che faccio, le pago il caffè? E perché, poi? Per via del suo abbigliamento variopinto ed originale? Pago di nascosto?

Lasciamo stare. Del resto, mi pare che non mi abbia neppure visto, fatta eccezione per quell'occhiata distratta.

Adoro questo caffè, io ci trovo un retrogusto di cacao.

Lo dice guardando fissa davanti a sé. Al bancone non c'è nessuno, ad eccezione di noi due.

Si gira a guardarmi di scatto, e mi sorride. Io, questa volta per davvero, sento un sorriso aprirmisi dolorosamente sul viso, come una ferita antica che si stava rimarginando.

Lascia i soldi del caffè sul banco ed esce, salutando in modo che tutti possano sentirla e ricambiare il suo saluto.

La seguo con lo sguardo, con la tazzina ancora a mezz'aria.

Diciotto

Lo so cosa fate, voi uomini, quando passo io. Vi mettete una mano sui testicoli. Vi toccate. Una toccatina per scacciare la jella. Quanti lo fanno quando passa un carro funebre? Nel mio paese, per estensione, lo fanno anche al mio passaggio. Come se io fossi la morte. Oh, non mi considero tanto. Non sono così presuntuoso.

Era la morte.

Tanto, ormai, di che colpa potrei essere chiamato a rispondere? Di essere stato superbo?

Ah, a volte faccio un'altra specie di gioco, mentre lavoro. Non me ne accorgo, ma mi immedesimo nel cadavere. Penso di essere morto. Immagino di essere uno di quei corpi senza vita che mi capita di maneggiare di continuo. Come dei fantocci. Immagino di essere un fantoccio. Mi vedo con la testa abbandonata e le membra molli, mentre qualcuno mi lava, mi prepara e mi veste. Le mie cure si fanno più attente, la decisione dei movimenti viene sostituita da un timore reverenziale. In fin dei conti si tiene a sé stessi. E poi mi vien da piangere. Perché il mio corpo di uomo adulto non riceve simili attenzioni da troppo tempo. E forse non le ha mai ricevute, se non da bambino. Perché nessuno è disposto a dare ad un adulto anche una minima parte delle cure amorevoli destinate ad un bimbo? Non si ha più bisogno delle mani e delle carezze? Delle parole dolci?

Mi monta dentro un sentimento di grande dignità. Di generosità.

Li accarezzo, quei corpi senza vita, come nessuno deve aver fatto per anni. Carezzo i capelli, li annuso. Sento mischiati all'odore acre della morte i residui dell'ultimo sciampo, o lacca o gel. A volte addirittura brillantina. Do dei baci sulla fronte. Sorrido ai loro occhi chiusi.

Sorrideva agli occhi chiusi.

In attesa che prima o poi il destino mi ripaghi, in un modo qualsiasi. Anche solo lasciandomi in pace.

Diciannove

Il lavoro del becchino permette di incontrare molta gente. No, non gente morta, o non solo. Gente viva, esseri umani che si muovono e parlano. E soffrono, purtroppo. Vi viene da sorridere? Non ci credete?

Non dimenticate che per ogni persona che muore ne serve almeno una viva che le organizzi il funerale. Non è la condizione migliore per fare nuove conoscenze, lo so, ma a volte la vita decide per noi, forse quando siamo distratti.

È entrata una sera di tardo autunno. Lei, proprio lei. Io l'ho riconosciuta subito. Non era troppo triste, giusto il minimo che si era imposta per le circostanze e per il luogo in cui si trovava. Per essere credibile, forse.

Aveva proprio quegli occhi celesti, che sprizzavano energia e vitalità, ma tendeva le labbra leggermente in avanti per avere un'espressione compita e seria.

Buongiorno Signora, mi dica.

Da tempo evito frasi tipiche di altri settori, completamente fuori luogo nel mio. Tipo: "In cosa posso esserle utile?", "Ha bisogno?". Difficilmente qualcuno risponderebbe: "No, no, do solo un'occhiata".

Lei non cerca di allestire frasi involute.

È morto un mio zio, e devo organizzare il funerale.

Chi muore è sempre zio di qualcuno.

Mi guarda negli occhi, come se fossi stato la causa della morte di questo zio di cui sembra non importarle granché.

51

Come?

Niente, scusi... sono molto dispiaciuto per lei.

Le persone si dividono in due categorie: quelle che saranno compiante e quelle la cui morte non importa a nessuno.

A quale categoria apparterrà suo zio?

Certo. Non si preoccupi, penseremo a tutto noi.

Su quel "noi", plurale maiestatis, si guarda inaspettatamente in giro, alla ricerca di un altro vivo all'interno del negozio. Penso, per un attimo, che possa cogliere il mio segreto di parlare con i morti, che associ a quel "noi" un "io e gli altri cadaveri".

Mi sorride, con uno sguardo che mi ricorda un'attrice americana.

Le sorrido, per educazione. E per rassicurarla circa la qualità del nostro servizio. Qualità, convenienza, cortesia, recita un adesivo desueto sul vetro della porta di entrata, reduce degli anni '90.

Mi porge un biglietto da visita, tenendomi gli occhi inchiodati dentro. Leggo di nascosto che si chiama Agata, mentre mi arriva una ventata fresca, di odore di sapone.

Mi chiami per qualsiasi necessità.

Come se fossi andato io da lei a comprare qualcosa.

È morto qualcuno?

Lo zio di un angelo.

Anche gli angeli hanno gli zii?

Come nei cartoni animati. Sai, Paperino, zio Paperone, i nipotini Qui, Quo e Qua. Ma niente genitori.

Ah, mi pareva.

Venti

Il becchino è un lavoro che ti permette inoltre di entrare nelle case della gente. Sei come l'idraulico e l'elettricista che hanno il permesso di entrare in una casa abitata e vedere come vivono, che mobili hanno scelto, quanto è grande la casa, come è disposta. Vedi subito se è gente che vive di fronte al televisore oppure no, se sono appassionati di musica, di arte, di viaggi. In molti casi potrebbero anche essere appassionati di qualcosa, ma poi non hanno la possibilità di esserlo fino in fondo. Il più delle volte sono case tutte uguali dove il televisore ha preso il posto del focolare, spostando l'attenzione e spegnendo i dialoghi.

La rivedo per posizionare la camera ardente nella casa. Devo sistemare lo zio perché i parenti e gli amici possano fargli visita, cercare ricordi guardandogli le rughe, provare a cancellare rancori toccandogli la fronte ormai fredda. Altro pregio della morte: appiana questioni irrisolte da tempo. Nei casi più incalliti ne distoglie perlomeno l'attenzione.

Faccio le condoglianze ai parenti più stretti, è una cosa che so fare molto bene e con gravità. La vedova e la figlia si disperano rumorosamente e non riescono a gestire le incombenze. Agata con una certa freddezza prende in mano la situazione. Mi fa disporre la bara nella grande sala, di fronte alla porta d'ingresso, al posto del tavolo ovale a sei posti che all'occorrenza si può allungare. Le sedie le disponiamo tutte intorno, per far poggiare le natiche magre alle vecchine che interverranno per il rosario. Vedo il suo sguardo su di me in un paio di occasioni, come se mi stesse tenendo d'occhio. Io faccio il mio lavoro impassibile con un velo di emozione sul cuore.

Siamo al primo piano di una corte ben ristrutturata dove le scale di accesso sono rimaste quelle strette e ripide di un tempo. Mi immagino i commenti di chi dovrà portarlo sulle spalle.

Ventuno

Pensionati, turnisti e disoccupati. Ecco chi fisicamente traghetta le salme dal mondo dei vivi a quello dei morti. Simbolicamente, perché il viaggio terreno finisce al camposanto. All'interno di un cofano funebre elegante, fornito dalla mia azienda. Persone che vogliono guadagnare qualche soldo, o arrotondare uno stipendio che non è mai abbastanza. Uomini desolatamente e cinicamente abituati a questi trasporti.

Nel caso di una camera ardente allestita in fretta in una corte che ha come unica via di fuga una scala stretta e dissestata, il trapassante si becca una serie di insulti ed improperi rantolati sotto voce. Qualche volta persino una mezza bestemmia trattenuta a stento. È giusto che lo sappiate, che tutti lo sappiano. Le persone in sovrappeso, poi, se ne sentono tante che c'è da dubitare circa la meta ultraterrena dove finiranno, da quante indicazioni per l'inferno ricevono.

All'inizio, quando la morte era il mio ideale di purezza, ero infastidito da queste mancanze di rispetto. Pensavo che ci volesse gente degna, per un simile compito. Poi mio padre, un po' alla volta, ha stemperato il mio idealismo giovanile, e mi ha spiegato come funzionano il mondo e l'economia.

Come sono deludenti, le leggi del mercato, quando si è costretti a farci i conti per la prima volta! Il valore non conta. Né di un prodotto, né di un servizio e tanto meno di una persona. Sono altri i criteri per pagare tanto o poco qualcosa o qualcuno.

Il valore non ha prezzo.

Ventidue

Oggi c'è stato il funerale di quel suo zio. Io sono stato piuttosto indaffarato, però sono riuscito a seguirla con lo sguardo in un paio di occasioni. Teneva a braccetto una ragazza sulla sinistra ed una signora più anziana nella destra, mi pare fossero la figlia ora orfana e la vedova. Forse la cugina e la zia. Aveva gli occhiali da sole anche se il cielo era coperto da spesse nubi basse grigie. Non pioveva, per fortuna. Se il matrimonio bagnato può essere in qualche modo fortunato, il funerale no. È una sfortuna maledetta. E peggiori sono gli insulti che il defunto si becca, da parte di chi deve portare la bara.

Fra cinque minuti chiudo e me ne vado a casa. Da Lei, la Solitudine, che mi sta aspettando benché non mi abbia mai perso di vista, oggi. Forse ha avuto un attimo di distrazione mentre guardavo Agata.

Si apre la porta.

Ed entra lei. No, non la Solitudine. La ragazza dello zio morto, Agata, preannunciata dall'odore di sapone.

Si avvicina passeggiando come se avesse il corpo di gomma. Forse ha bevuto.

Buonasera.

La voce è ferma.

Oh, buonasera signora. Visto che figurone? Che fiori? Che cofano?

A chi, cofano?

Al cofano. Alla bara. Insomma, è soddisfatta?

Sì.

Ma il volto la smentisce.

Si guarda intorno, lentamente, come se avesse del tempo da perdere intenzionalmente.

Io mi dedico alla chiusura della cassa. Quella dei soldi, non il cofano. La contabilità, diciamo. La ignoro volontariamente, per non offendere la mia fedele Solitudine.

Certo che lei fa proprio un brutto mestiere!

Prego?

Fa bene, a pregare, con tutta questa morte qui d'attorno.

Ma si sente bene?

Certo. Sono venuta per saldare.

Oh, ma non c'è fretta, sa? Poi le bare non le saldiamo, per interrarle.

Tento di fare lo spiritoso, con scarso successo. Lei fa un sorriso di compassione, mentre con gli occhi cerca qualcosa verso l'alto, nell'angolo vuoto della stanza.

Quanto le devo?

Mi prodigo in rumorose ricerche su depliant e carte volanti. Dico la cifra e propongo uno sconto che ha l'aria di una dichiarazione d'amore. Peraltro fallita.

Mi sembra tanto.

Elenco i pregi del prodotto e le spese che ho dovuto sostenere. Di solito a metà mi interrompono, ma lei riprende l'esplorazione della mia bottega, con tanto di analisi del catalogo, come se fosse la collezione autunno-inverno di Prada o il catalogo IKEA.

Termino senza fiato la mia difesa. Silenzio.

Lei non mi guarda, ma quando parla deve essere per forza rivolta a me.

Quante presenze recalcitranti si sentono, qui dentro.

Penso di stare zitto, perché questa è proprio una frase interessante.

Aspiro l'aria dalle narici aperte. Cerco gli odori della gente che lei ha percepito.

Li sente anche lei?

La domanda mi desta. E mi confonde.

Io..., cerco di iniziare. Ma la frase mi scade in bocca, invecchia. Lascio passare un po' di istanti, il tempo necessario per formulare un pensiero completo e sembrare deciso.

Io sono abituato ad avere i morti intorno. I loro corpi. Ma una volta portati via da qui, non mi sono mai soffermato a cercarne le tracce.

Annuisce con movimenti impercettibili del capo.

Mi piace parlare con lei.

Cerco nella memoria recente qualcosa di sensato che possa aver detto. Nulla.

Anche a me, mi impongo di rispondere.

Esce senza aver saldato il conto.

Esulto intimamente, perché dovrà tornare.

Alla gente piaceva parlare con lui.

Entra Tarcisio per la sua visita quotidiana. È in ritardo.

È morto qualcuno?

Il Silenzio.

Questa è buona. E come facciamo a seppellirlo?

Sto costruendo una bara speciale, dove i rumori non possono entrare.

Una bara fatta come?

Fatta a forma di Silenzio.

Ah... tipo una bocca chiusa?

Una bocca chiusa con davanti un dito, in verticale.

Il dito medio?

Stavolta ha vinto lui.

Ventitré

Il mio morto del giorno è il signor Arturo. Candidato a morto della settimana o mese. In corsa come finalista per morto dell'anno.

Un anziano. Anzi, un vecchio. Ha l'aria stanca anche da morto, sdraiato supino e con gli occhi chiusi.

Esiste una vecchiaia che si misura in numero di morti.

È un tipo di vecchiaia profonda come un solco. Conta quanti cadaveri hai alle spalle. Non quanti ne hai uccisi, non è un vanto da gangster. È semplicemente quante persone la vita, o meglio la morte, ti ha tolto. Amici, parenti, conoscenti. Il peso della vecchiaia in questo modo si aggrava.

Per questo non vale applicarla a me, non mi ci posso giustificare la vecchiaia presunta.

Quando si è giovani le prime morti pesano poco, è come se non le sentissimo. Sembra che non ci possano riguardare. Più passa il tempo più le morti aumentano, in valore assoluto, sommandosi alle precedenti. E iniziano a pesare, tutte insieme. Non possiamo più ignorarle.

Ne è morto un altro, commentiamo.

Ci sono vite sfortunate, che nella loro brevità hanno visto tante morti, portandosi addosso il paradosso della vecchiaia non anagrafica. Ma c'è e la si vede negli occhi di queste persone. La vecchiaia portata dalle guerre, che accelerano le vite.

L'enorme stanchezza di doverle portare tutte sulle spalle.

Ha fatto la guerra, il vecchio Arturo. Ne ha visti tanti morire. Ha visto tanti giovani coscritti partire con un sorriso di sprezzante spavalderia e non fare più ritorno.

Ha i sopraccigli folti e disordinati, orecchie grandi e pelose, un naso grande da vecchio con i pori dilatati. Le mani sono nodose, venose e piene di chiazze. Ha ancora tanti capelli grigi arruffati. Senza dentiera la bocca si fa grinzosa, soprattutto il labbro inferiore. Gli guardo i piedi e li immagino prima dentro degli anfibi militari duri e consumati. Poi fasciati in quelle bende che facevano da calzature d'emergenza, che tutti noi abbiamo avuto il castigo di vedere nelle immagini delle nostre guerre.

Signor Arturo, adesso si può riposare.

Era ora...

Lo so che le pesavano addosso, tutti quei morti...

Si vede? Ma più che i morti, è il senso di colpa. C'è gente che avrebbe passato la vita a ringraziare il cielo di essere ancora vivo. Io l'ho passata pensando che fosse un'ingiustizia, essere vivo, mentre molti miei compari erano andati.

Non è stata colpa sua, lo sa vero?

Me lo sono ripetuto tutta la vita, ma le generazioni sono più di una famiglia. E della mia è rimasto troppo poco. Ho avuto il silenzio intorno per tutta la vita.

(pausa)

Ma non me ne sono mai lamentato.

(pausa)

Adesso che sono qui sdraiato finalmente lo posso dire.

Gli accarezzo i capelli, passando la mano tra queste setole grigie. Rimangono più disordinati ancora.

La morte è magnanima e consolatoria, a volte.

Stringeva la mano, riconoscente, alla morte che recava la pace.

Accidenti, la guerra. Mio padre è nato nel '43, in piena guerra. I miei nonni l'hanno fatta tutti e due. Mi ricordo il mio nonno che non riusciva a sentire tutto il *Silenzio*, quello militare fatto con la tromba, senza piangere. Nonno, cos'hanno visto quegli occhi, mentre lo sentivi suonare?

Mi dispiace solo per il mio gatto.

Il suo gatto? Non me l'aspettavo questa, dal signor Arturo.

Ma sì, lo so che è sciocco, ma è rimasto da solo, adesso. Quando sono morto era lì che mi guardava. Non sembrava preoccupato, ma i gatti non sembrano mai preoccupati per cose che non li riguardano in prima persona.

Sì, sono un po' egoisti. Ma forse ci piacciono per questo

Sì... perché sono come noi.

Chissà se era per questo stesso motivo che mio padre odiava i gatti. Li odiava fino a sparargli, almeno a quelli dei vicini. Una volta l'ho visto che ne accarezzava uno, a casa di amici. Ma di solito gli sparava. Con una carabina a pallini che, per quanto ne so, ha sempre avuto. Aveva anche un fucile calibro 22 donatogli di nascosto da un amico, che nessuno sapeva da dove fosse arrivato. Un fucile non dichiarato. Non aveva il porto d'armi, quindi la cosa era altamente illegale e rischiosa. Ai gatti non poteva sparare con il fucile, aveva paura che qualcuno lo vedesse o lo sentisse. Allora, per poterlo usare in qualche modo, aveva deciso di sparare nel lungo corridoio della casa dove vivevamo. Appoggiava al muro, ad una delle estremità, un mazzo di fumetti. Tex Willer, mi pare, e direi come soggetto fosse il più appropriato, visto lo scopo. Sei o sette fumetti. Ogni volta ne aggiungeva uno. Solo che non bastavano mai. Il muro veniva sempre scalfito.

Mia madre pensava che ci fosse dell'umidità, e voleva chiamare un muratore. Ma mio padre, che oltretutto non ha mai neppure provato a nascondere le sue malefatte – forse per via dell'assenza di senso di colpa – aveva confessato, e la cosa era morta lì.

Odiava i gatti e per contro, come spesso accade, amava i cani, anche se non sarebbe stato in grado di accudirne uno. Richiedono troppe attenzioni. Li amava a modo suo. Amava quelli degli altri. Quando ero bambino per un periodo abbiamo avuto un cane, un bastardo di trovatello intelligente ed affettuoso come solo i trovatelli sanno essere . Whiskey, l'avevamo chiamato io e mio fratello, per via del colore beige. Pensandoci bene, forse questo nome l'aveva scelto mio padre, io non sapevo neppure che colore avesse il whiskey, allora. Mio padre, d'estate, come era prassi comune, lo abbandonava su una statale. Le campagne antiabbandono erano ancora lontane dall'essere concepite. Lui, Whiskey, un paio di volte è tornato, e noi tutti ne abbiamo gioito, un po' come nella storia di Hansel e Gretel. La terza volta non tornò. Non gliel'ho mai perdonata. A mio padre.

Anche se gli volevo bene, perché un bimbo non può non amare in qualche modo i propri genitori, è una specie di condanna.

Mia madre è sempre stata con lui perché credeva di non poter fare altrimenti. E perché l'amava, tutto sommato. Che non è poca cosa. L'ha conquistata regalandole un disco di Adamo, *La notte*. Se per Foscolo la sera rappresentava la morte, che dire de *La notte*? Siamo proprio una famiglia di beccamorti.

Mio padre ogni tanto doveva cambiare macchina, anche se non ce n'era strettamente bisogno e noi non navigavamo nell'oro. Ma io non lo sapevo, che non eravamo ricchi. Non ho mai pensato che mi mancasse qualcosa.

Le cose iniziano a mancarci dopo, quando non c'è più nessuno a giudicare il giusto e lo sbagliato per noi. Cosa ci basta, cosa non ci basta, cosa non abbiamo e cosa è addirittura soverchio.

La mia formula di mediocre felicità è tutta improntata sul farsi bastare la vita che si ha. Anche poca va bene.

Ventiquattro

Posso darti del tu?

La domanda corretta a mio avviso sarebbe stata: "Posso darLe del tu?", altrimenti è come se io avessi già accettato. Ma è una risposta da stronzo.

Certamente. Io sono Ernesto.

Le porgo la mano, per dare ufficialità alla presentazione. Mi sorride. Deve aver pensato "Sparalesto". Mi prende la mano nella sua, piccola e bianca.

Io sono Agata.

Cerco con circospezione rime baciate derisorie, ma quell'accento a inizio parola la mantiene al sicuro.

Infàngata, sfìgata.

Sorrido.

Sei venuta a saldare?

No, so che non le saldate le bare destinate all'inumazione.

Mi causa uno scoppiettio di riso. Questa proprio non me l'aspettavo. Detta da me era una battuta mediocre, ma ora... ed ha usato il termine tecnico "inumazione", per di più.

Mi mostra i denti bianchi del suo sorriso mentre mi tiene gli occhi addosso.

Mi porge un assegno con la cifra da me richiesta già scritta con una bella grafia tondeggiante e regolare. Penna blu con inchiostro fluente.

A chi lo devo intestare?

Le do la ragione sociale del negozio. Lei scrive in stampatello con una penna color argento che estrae dalla borsa come se l'avesse avuta già in mano.

Mi passa l'assegno come se mi ci avesse voluto tagliare un polso, poi si commiata da me con una formula inattesa.

Le persone, per quanto mi riguarda, si dividono in due categorie: quelle che mi piacciono e quelle che non mi piacciono.

Rimango interdetto a guardarla negli occhi mentre lei temporeggia per creare la giusta attesa. Poi sentenzia.

Tu mi piaci.

Mi sorride come a volermi salvare dalla forca, poi esce con passo rapido.

Io rimango a guardare a lungo l'aria dove lei era quando mi ha parlato.

È morto qualcuno?

Sai che c'è la Solitudine che non sta tanto bene?

Ah, e cos'ha? Un male brutto di quelli là?

O un bene brutto di questi qua.

Se è benigno non ci sono problemi, l'ha detto mio cognato che glielo hanno tolto dallo stomaco.

Venticinque

Torno a prendermi cura dei miei morti. Li lavo e li vesto.

Sono l'ultimo a farlo. E sono per la maggior parte di loro un perfetto sconosciuto. Non è assurdo, a pensarci?

So di aver detto, e forse persino più volte, che la morte è giusta e imparziale. Diciamo che di norma è vero. Però alcune volte, alcuni giorni, non la penso così neppure io. Gli anziani non mi turbano mai. La morte di un anziano fa parte della vita. Posso tollerare le persone di mezza età, persino i giovani. Tutte le persone formate, almeno fisicamente. Ma i bambini no. Non c'è niente di peggio di un bambino morto da vestire. Sembra di avere tra le mani un bambolotto. Io mi focalizzo su questo, cerco di convincermi che non sia umano, per distaccarmene il tanto che mi basta per fare il mio lavoro di assistenza al cadavere. Ho bisogno di questo distacco, che con gli anziani non c'è.

Nonostante le apparenze, sono tante le morti che passano come un giorno uguale a tanti altri. Nessun ricordo, nessun rimpianto, nessun dolore.

Non oggi.

Con me c'è Matteo. Otto anni, una vistosa cicatrice in prossimità del rene destro ed una faccia con addosso una di quelle malattie che non dovrebbero avere la dignità di esistere, o di poter toccare un bimbo. Un bambino che deve aver passato troppo tempo della sua poca vita tra medici ed ospedali. Deve avere lottato tanto e sofferto tanto. Ma vissuto poco. Buffo, vero? Lottato tanto e sofferto tanto significa vita ricca, per un adulto.

Per lui no. Ma c'è qualcosa di buono anche in questa morte: ha i lineamenti rilassati, sembra che abbia da poco smesso di sorridere, con questa sua faccina bianca che è un ovale perfetto con due labbra rosa come due petali carichi di rugiada. I piedi sono bianchi e magri, così come sono lunghe e ossute le sue gambe. Il corpo è cresciuto in fretta, come a voler far prima della malattia. Magari la si poteva perdere per strada.

Mi dispiace per i miei genitori. Hanno sofferto tanto, e adesso saranno ancora più tristi.

Perché tutti soffrono per gli altri e fondamentalmente nessuno per sé stesso?

Soffriranno, ma poi se ne faranno una ragione. E serberanno di te il ricordo di un giovane e valoroso combattente.

Già, i ricordi... io ricordo mia mamma, quando ero piccolo, quando una volta si è messa a ballare in salotto, su una musica allegra con delle trombe, non so come si chiama. Volteggiava. Sembrava fatta solo di pensieri belli.

I ricordi dei bambini hanno qualcosa di magico.

Speriamo che lo faccia ancora, aggiungo io, tanto per dir qualcosa.

La nostra conversazione sembra terminata. Io ho pochi argomenti e paura di ciò che dice. Mi straziano le sue parole. In questi casi penso cosa sia giusto, facendo un bilancio cinico che non dovrei avere il diritto di fare. Questa vita è valsa la pena viverla?

Pensa un po' alla tua, è la sua risposta ai miei pensieri.

Potrebbe sembrare una di quelle risposte facili, provocatorie e un po' per ogni occasione. Una risposta per non dare una risposta.

Solo che mi graffia la faccia. Uno sputo caustico, è questa risposta.

Rimugino a lungo. Mi sento di dovergli ribattere qualcosa. Io sono adulto, e faccio questo mestiere da sempre. Non posso farmi cogliere in castagna da questa risposta banale, data da un ragazzino. Da un bimbo. Che però ha sofferto in questi suoi pochi anni più che non io in tutta la mia grigia e monotona esistenza.

Invertiamo le parti, proviamo a stare al gioco.

Perché, Matteo, tu cosa pensi della tua?

Breve ma intensa, bello. Breve ma intensa.

Che ognuno si giudichi la propria vita.

Meglio la sua che una come la mia. Lunga ma tiepida. Piatta. Scialba. Vuota. Stinta.

Pensava di aver vissuto.

Ventisei

Una bara per un bambino è solo un gioco, come tutto il resto. Ricordo le casse di legno disposte in fila, ancora prive di zinco e delle imbottiture. Invitavo i miei compagni di classe a giocare, e ci infilavamo dentro per nasconderci. Si divertivano tutti indistintamente, solo che poi lo dicevano ai genitori, che evidentemente trovavano la cosa sconveniente. E non venivano più da me. Sono cresciuto con la Solitudine a fianco, fin da piccolo. Solo che non la vedevo. Da bambini è tutto un gioco, anche la Solitudine.

La morte è entrata nella mia vita quando ero piccolo. È entrata di soppiatto nel mio cuore, così come entra nei cuori di tutti. Ne ho avuto la percezione fisica, come di un peso opprimente, uno spesso sudario di piombo che mi tratteneva nel letto. Schiacciandomi e soffocandomi. Poi mi ero sollevato sui gomiti, e il peso era come scivolato nello stomaco, concentrandosi tutto lì.

Tutto perché pensai che un giorno mia mamma sarebbe morta, così come mio padre ed i nonni. La morte di mio fratello mi spaventava meno, perché era di poco più grande di me. I bambini non vedono la morte per le persone della loro età, è una cosa troppo lontana. Ma quella dei genitori e nonni sì. Un giorno sarebbe successo, ed io sarei stato ancora vivo e presente per assistervi. È una rivelazione troppo grande quella dell'esistenza della morte per riuscire a prenderne consapevolezza a quell'età.

Una mia amica, più tardi, alle scuole medie, mi avrebbe detto che quel momento in cui pensi alla morte dei tuoi cari è quando finisci di essere bambino. Forse era vero. Matteo, cosa ne pensi?

Accompagno Matteo al cimitero della frazione. Guido il carrozzone piano e delicatamente per evitargli ogni minimo scossone. La tenerezza che mi procura questo bimbo coraggioso va al di là dei miei pensieri modesti. Mi elevo un po' anch'io. Si elevano un po' tutti. Ho visto i soliti portantini, di norma distratti, concentrati e contriti.

I cenni tra me e Don Fran-ce-sco sono stati più gravi del solito. Più compassati.

La morte in questi momenti è molto odiata.

Breve ma intensa.

Papà, dov'è tutta la tua rabbia quando non bevi?

Dove sono il rancore, l'odio, i rimpianti? Come fa a non farti male qualcosa, quando ti alzi al mattino, quando vai al lavoro. Come fai ad alzarti tutti i giorni e non avere niente, se questo grumo di fiele ce l'hai sempre dentro? Ed io lo so che c'è. Lo so bene. Sono uno di quelli che lo sa meglio.

Ti ho visto ridere, sai? Me ne ricordo. C'è anche una foto di te che ridi, me la ricordo. Forse ce ne sono altre. Ho le prove, di te che ridevi.

Il sorriso delle persone che amiamo è sempre bello. E più è brutto più ci commuove. Quindi è bello. Può la bruttezza commuovere? No, è l'accostamento della bruttezza a qualcosa di bello, che ci commuove.

E non era neppure un'altra vita, quella in cui ridevi, ma questa, qualche anno fa.

Lo tenevi in mano, forse, il tuo odio? In tasca?

Sono solo i pensieri di un bambino. Matteo, questi sono i miei pensierini di quando ero piccolo ed avevo la tua età.

Se ho ricordi belli?
Non lo so.

I ricordi belli sono difficili da far venire a galla.

Ho delle immagini mentali di mio padre a cui tengo molto, questo sì. Perché sono le poche in cui cerca di farci ridere. E ci riesce, più che altro perché davvero a due bambini come eravamo io e mio fratello bastava poco. Eravamo in attesa di un pretesto anche minimo per poter dimostrare a nostro padre quanto ci fosse simpatico. Se ci penso dovrei inseguire mio fratello oggi stesso, ora, ed andare ad abbracciarlo così come lo trovo, ovunque lo trovi. In mezzo ad una piazza gremita di gente incredula. Nessuno potrebbe capire, solo noi due.

Poi arriva qualcosa. All'inizio poco. Uno alla volta.

Non grandi cose. Non abbiamo mai fatto grandi cose. Niente Gardaland, giostre, partite di pallone, arrampicate sugli alberi insieme.

Ma altro, più pesante.

Capire che avevi paura. Quando mi hai guardato con orgoglio. Quando mi hai chiesto se ci ero rimasto male e mi sono bruciato quell'unica occasione dicendoti che no, non faceva niente. Giusto per non fare rimanere male te. È un bel ricordo questo?

Quando ho trovato il fungo, quello grosso, grossissimo, che tenevo alzato come un trofeo e chi ci ha visti arrivare in macchina ha scambiato per la testa di un altro uomo, seduto accanto a me.

E al mare, forse l'unica volta che ci siamo andati. Ero piccolo e sguazzavo nell'acqua bassa. Mi mancava il fiato per l'eccitazione e la paura e il freddo e sotto, bassa, la tua voce. Non ricordo le parole, ma il suono mi calmava, mi dava forza.

E quando mi nascondevo nelle bare e venivi a cercarmi, pestando i piedi per fare più rumore, così che io ti sentissi arrivare.

Ridevo, di gioia e di finta paura, dentro il feretro, e forse mi trovavi per quello. E mi dicevi: Ehi, piccolo zombie, che ne hai fatto del signore che c'era qui dentro poco fa? L'avrai mica mangiato, vero?, e io ridevo, ridevo. Ridevo. Ridevo di una cosa macabra e schifosa che avrebbe inorridito chiunque altro. Ma ridevo lo stesso. Quando si smette di ridere?

Papà a me bastava poco.

A tutti noi basta poco.

Gli bastava poco.

Ventisette

Ho sempre il suo biglietto da visita, ma non la chiamerò. Sto bene nella mia palude di tepore.

E lei non entrerà più da questa porta. Ormai ha saldato il conto.

A meno di un'altra morte. Mi vergogno subito di averla evocata, in cuor mio.

È la fine di una giornata triste ed uggiosa. Benché io sia un autunnale di indole questa ultima settimana di pioggia incessante, complice la morte di un bambino, ha incupito anche il mio umore, così come quello del resto delle persone. Ci si sente umidi, di dentro.

Fuori è buio, e le gocce che cadono riflettono le luci dei lampioni diventando brevi lampi, come dei proiettili gialli.

Sento il rumore della pioggia che cade, un rumore omogeneo in sottofondo, a cui si somma quello delle gocce più grosse, che regolari scendono dall'angolo della tenda del mio negozio.

La luce artificiale all'interno non basta per riscaldarmi. Mi fa solo vedere un ambiente tanto familiare che fatico a riconoscere. Non lo guardo mai, il mio negozio. E forse si vede. Avrebbe bisogno di un'imbiancata, tanto per cominciare. Ma soprattutto di una nuova immagine, di diventare un luogo accogliente e caldo. Un posto dove la gente voglia portare i propri cari defunti a prepararsi per l'ultimo viaggio. Come l'ultima oasi prima di affrontare lo sconfinato deserto.

Bisogna essere capaci, di arredare un negozio. E io non so se ne sono in grado. Avrei bisogno io stesso di rifarmi un'immagine. Mi guardo riflesso nel vetro che protegge dagli anni il mio diploma di maturità. La punta più alta a cui sono arrivato nella mia vita. Ragioniere.

Fantozzi Ugo, mi viene da pensare.

Un cigolio lieve tradisce la porta che si apre lentamente.

Dovrei oliarla, penso, e mentre mi giro sono investito dal suo odore.

Non della morte. Neppure della Solitudine.

Di sapone.

Agata.

Buongiorno, Agata.

Non riesco a dirle "ciao", dandole subito del "tu". Serve una confidenza che non mi sento di meritare.

Ciao.

Lei non si fa problemi.

Io sono già zitto, intimorito. La battuta "sei venuta a saldare?" l'ho già usata, e forse una volta era già troppo. "Qual buon vento?" mi fa sembrare vecchio. "Come butta?" non è il caso, sarei ancora più ridicolo. Per fortuna parla lei.

Avevo voglia di fare due chiacchiere. Hai impegni per cena?

No. Ma non ho molta fame.

Il funerale di Matteo mi ha lasciato un certo grumo nello stomaco.

Neanch'io. Beviamo un tè caldo?

Usciamo insieme sotto un buio fragoroso di pioggia.

Possiamo prendere la mia, dico indicando il carro funebre, e pentendomi immediatamente.

Lei ride, pensando sia una battuta molto divertente.

Ha la macchina lì davanti e mi invita a salire.

Giriamo a caso fino ad adocchiare una pasticceria dall'aria antica. Non propongo volutamente il bar Capriccio, perché chiude presto e perché non voglio essere visto. Una forma di discrezione e rispetto. Per lei.

Ventotto

Siamo davanti a due tazze fumanti.

Penso a come iniziare una conversazione sensata, quando inizia lei. Anche se non è una vera conversazione e forse ciò che dice non è neppure sensato.

Il mare mi piace all'alba e al tramonto. Non sopporto troppo il sole, e non riesco a stare ferma a lungo. Anche tu? Le persone si dividono in due categorie: quelle che prendono il sole immobili e quelle che non sanno stare ferme. Mi piace camminare sulla spiaggia, e la sera prendere un gelato sul lungomare. La brezza marina profumata di salmastro la aspiro avidamente. E mi piacciono i capelli stopposi, incrostati dal sale. Vedi, abbiamo molto in comune. Lo sapevo. Mangio poco, in estate. Roba fresca e leggera. Magari solo un pasto, come i bambini poveri. Una bella colazione e della verdura per cena. Magari un frutto per pasto. In questa stagione invece dormirei sempre. Il freddo e l'umidità mi fanno rannicchiare sotto una coltre di coperte calde. Mi escono solo i capelli. E rimango a letto a leggere, tutta la domenica mattina. Il sabato non posso, c'è sempre troppo da fare: la spesa, i mestieri, le commissioni. Vorrei una segretaria. Ognuno dovrebbe averne diritto, non trovi? Certo, anche le segretarie stesse.

Respira, poi riprende.

Se penso quante volte ho sbagliato nella vita! Non ci credi, se te le elenco. E non ne ho voglia, non è molto edificante per la mia autostima. Mi piace passeggiare, anche se in modo disorganizzato. Non parto con l'intenzione di fare una gita nel bosco o in montagna. Parto da casa con le scarpe da ginnastica.

E a volte cammino più di un'ora, ma così. Se sapessi che mi sto preparando a camminare probabilmente mi scapperebbe la voglia. I miei vestiti sono buffi, vero? Sono eccentrica, mi dicono alcuni. Ma è che non sopporto l'idea di essere in mezzo alla gente e di confondermici dentro. Mi sentirei fusa in quella massa informe. Mi aiuta ad essere una molecola che non si lega troppo. Ad essere un individuo. Ne ho bisogno, a volte. Sai perché? Perché faccio marketing, e passo le giornate a catalogare le persone in gruppi omogenei, in modo che si possano poi studiare azioni mirate per vendere loro la merce. Per esempio c'è una categoria che mi fa troppo ridere: gli anticonformisti. Esistono sai, e se li vedi come un gruppo li hai fregati tutti. Loro che fanno di tutto per essere diversi dagli altri, messi tutti insieme sono un bel gruppone di gente che ragiona tutta allo stesso modo. E allora studi come vendere un prodotto agli anticonformisti. E ci fai lo spot apposta, e inventi uno slogan, tipo, "*Think different*, comprati un paio di 'sti pantaloni". "*Be yourself*, con un orologio di quest'altra marca". E via di seguito. Allora mi vesto in modo diverso. E sicuramente faccio lo stesso parte di un gruppo, ma l'importante è che i componenti siano a sufficiente distanza da non essere visti da me. Le persone si dividono in due categorie: quelli che stanno bene confusi in una mischia e quelli che vogliono l'aria intorno. Anche questa deve essere deviazione professionale: devo vedere sempre due opposte categorie di persone.

Annuisco. E intanto la guardo. Non posso fare altro. Le sue labbra sono carnose. Il labbro sopra ha piccole rughe disposte a raggiera. Ogni tanto sorride, mostrando i denti bianchi. Gli occhi celesti si muovono rapidamente. Dalla tazza ai miei, poi di nuovo alla tazza, al cucchiaio, allo zucchero di canna. Solo una punta di cucchiaio. Poi ancora nei miei. Mi scava. La guardo. Con la mano scaccio le illusioni.

Scacciava le illusioni.

Ventinove

Dove ti porto?

Io dovrei tornare in negozio a sistemare due o tre cose. E forse come prima volta potrebbe bastare così, ammesso che ce ne saranno altre. Non voglio essere precipitoso. In realtà non ho una strategia, e non so bene come dovrei comportarmi.

Dovrei terminare alcune cose al lavoro, se non ti dispiace.

La paura, maledetta, mi paralizza i pensieri.

Figurati. A patto che tu mi faccia entrare a curiosare.

Curiosare?

Come vuoi, anche se non credo che ci sia molto di divertente.

Lei non mi risponde, ma mi lancia un sorriso laterale che quasi mi spaventa. Mi vedo dentro una delle mie bare, mentre lei la sigilla. Che razza di uomo sono?

Ci vogliono pochi minuti di silenzio per arrivare.

Entro per primo, cerco nel buio gli interruttori delle luci.

Prego, accomodati dove vuoi.

Lei prende i baveri della mia giacca marrone e si sporge verso di me tenendomi gli occhi incollati fino a quando sono tanto vicini da non distinguerli.

Ci baciamo. Lei emette versi erotici mentre mi tiene le labbra incollate. Io scavo nella memoria alla ricerca di quello che dovrei fare. Faccio in tempo a pensare che oggi, dopo tanto tempo, avrei fatto sesso. Poi chiudo gli occhi e con un'unica saracinesca anche il cervello. Il mio corpo cerca di prendere in mano la situazione. Una mano si solleva per finire sul suo fianco. Indietreggio, ci muoviamo incerti fino alla scrivania.

Arrivo con la mano al suo fondo schiena ma lei si stacca.

Mi guarda fisso, con gli occhi vibranti. Ci sono domande inattese in quello sguardo. Non so cosa mi stia chiedendo. Le carezzo i capelli.

Grazie della serata, mi dice prima di andarsene. Prima che io abbia avuto il tempo di formulare una qualsiasi frase per trattenerla.

Sempre in ritardo sulle accelerazioni della vita.

Trenta

Mi sto innamorando?

Quando si inizia a fumare ci si chiede se si sta iniziando a fumare? Ci si interroga sull'inizio di un vizio? Non lo si vede, di solito. È un istante a cavallo di un singolo passo che si fa sbadatamente, ed già è tardi. Ad avere visto per terra una riga tracciata con il gesso avrei pensato bene se oltrepassarla o meno. A sapere che in gioco c'era il tepore della mia rassicurante monotona esistenza avrei deviato, o sarei anche tornato indietro. Non ho paura di tornare sui miei passi, posso permettermi di ignorare qualsiasi tipo di orgoglio. Sono grande e stanco abbastanza.

Un bacio non può cambiare una vita, neppure la mia.

Ho fatto quel passo fischiettando, guardando per aria.

È morto qualcuno?

Io pensavo di essere vivo.

Oh ma lei sta bene, anche se ha sempre quel colorito un po' pallido.

Lo faccio per mimetizzarmi con i morti, così mi scambiano per uno di loro.

Fa la faccia pensierosa.

Ne sa una più del diavolo!

Trentuno

Non so niente di lei. La modernità ha spinto l'individualismo alla sua vetta più alta e velleitaria, rendendoci degli eremiti tecnologici. Ho il suo numero di cellulare personale, ma non so dove abita, non so se ha il telefono di casa e quale sia il suo numero. Forse non lo saprò mai. So che vive più o meno in una determinata zona. Ci passo accanto, come cercando di sentire il suo odore, grottesco segugio umano a strofinare le narici sull'asfalto.

Devo attendere i tempi delle convenzioni tra esseri umani all'inizio di un rapporto.

Devo aspettare almeno un giorno. Meglio due. Poi posso chiamarla.

Invece vorrei passeggiare a lungo con lei, guardando lontano, dritto davanti a noi, in silenzio. Noi due in una landa desolata e fredda. Camminare e sentire soltanto il nostro ansimare, insieme ai tonfi leggeri dei nostri passi, come battiti di cuori. Vorrei provare a prendermi cura di lei. vedere se ne sono capace.

Vorrei che ci fossimo già abituati l'uno all'altra, che non sentissimo più il peso di dover cercare frasi interessanti da dire. Che non ci fosse imbarazzo nei nostri sguardi silenziosi, ma piuttosto una nuova complicità. Perché sento che è così che deve essere.

E perché ho paura.

Ma non è forse questa eterna scoperta, questa tensione di doversi riconoscere un po' alla volta, questo scavare per presentarci pezzo per pezzo, non è questo l'innamoramento?

Quando si vuole stare con qualcuno, non importa il motivo, si cercano tutte le scorciatoie possibili. Il conoscersi implica il rischio di scoprire cose che non ci piacciono. Ed io non voglio.

Voglio una cosa pura e perfetta.

Sono un sognatore di quarant'anni suonati.

I cinici ed i disillusi penseranno, forse a ragione, che la vita fa bene ad accanirsi contro uno che pensa di potersi permettere di essere un sognatore, ad un'età come la mia.

Ma io sono fatto in un modo semplice, e capisco le cose semplici. Le cose chiare. Forti ed eterne. Indissolubili. Ho bisogno di queste certezze, altrimenti questo mondo non ha bisogno di noi uomini. Se ne sarebbe liberato da tempo, perché siamo pericolosi ed irrispettosi. Maleducati e chiassosi. Dobbiamo evidentemente dare un contributo. Ci deve essere una speranza di perfezione, in noi. Ed io quella cerco. Sogno la perfezione. Sì, sono un sognatore, quindi. Ma ho un mio concetto chiaro in testa.

Il bianco ed il nero. La vita e la morte. Il respiro e la dispnea. Il piacere ed il dolore. L'amore e il nulla.

Penso di aver poco da perdere.

Penso che spetti a tutti, prima o poi. Anche solo un afflato. Una eco. Un rimbalzo di un vero amore.

Penso che lei mi pensi, a volte. Che mi trovi interessante.

Certo, lei è così ferocemente bella. Ed io sembro un vecchio. Vesto sempre di marrone. Pantaloni beige, camicia azzurra e maglione marrone scuro, girocollo. Sono vestito di terra. Mi ci ricopro, come se fossi sepolto.

Si circondava della terra che l'avrebbe sepolto.

Trentadue

Mi impongo la calma che regola ogni mia azione. Mi impongo il mio consueto distacco.

Mi impongo l'attesa. Non è un impegno gravoso, per me. Sono molto bravo ad aspettare.

Le mie esperienze con persone vive sono solitamente così poco intense da avere la certezza che il ricordo di quel bacio mi accompagnerà a lungo.

Quando il niente è la regola, il poco rischiara l'orizzonte. Se fossi vivo io ti farei vedere.

Gigi, sessant'anni sulla faccia rossa e i piaceri della tavola nel ventre voluminoso. Morto di infarto, proprio adesso che era andato in pensione. Sembra che alcuni cuori siano a tempo, bombe ad orologeria in attesa del primo attimo di pace nella fila di turbamenti di una vita. Chissà che prova spaventosa deve essere la pensione per un cuore umano.

Cosa aspetti a chiamarla, a farti vivo? Lo sai che la vita si consuma anche a fare niente? E più passa il tempo più in fretta si consuma, come le sigarette quando vai in bicicletta.

Ma io sto bene così.

Anche i morti stanno bene sotto terra. Chi li ammazza più? Cosa c'entra!

C'entra, c'entra. Di cosa hai paura? Che ti umili? Che ti respinga?

Non so rispondere. Forse che non opponga resistenza.

Se non ti fai vivo ti disprezzerà. Pensa al modo di dire "farsi vivo". Se non ti fai vivo ti fai morto.

Preferisco una speranza protratta all'infinito che una qualsiasi certezza.

Anche ad una risposta positiva?

No, certo che no...

O sì? I rapporti non vanno solo incominciati, vanno mantenuti. Come le promesse. Mettersi in gioco ogni singolo giorno. Ogni sguardo potrebbe celare una menzogna da sconfessare, un dubbio da sciogliere. Non voglio mantenere nulla.

È morto qualcuno?

Il mio ardimento.

Aveva un cane? Non lo sapevo. Mi dispiace. Che razza è l'ardimento?

Come un lupo ma senza pelo.

Ah. Mai visto.

Trentatré

Stasera hai un po' di fame o sono costretta a bermi un tè per cena?

Passa di nuovo lei a trovarmi. Deve aver capito che se vuole qualcosa da me se lo deve prendere, anche con la forza, io non avrei opposto resistenza.

Penso che per una volta i dubbi sarebbe meglio lasciarli perdere. Raccolgo quanto di coraggio ho nello stomaco e la invito a cena.

Pilucco il mio piatto di pasta, lei mangia con calma tenendomi gli occhi addosso e uno sguardo che non riesco a decifrare. Se non fosse troppo assurdo mi sembrerebbe di desiderio. Mi desidera. Figuriamoci!

Parliamo poco, lei ascolta la musica diffusa seguendone il ritmo con la testa, con movimenti fluidi. È a suo agio, lei. Io sono fermo e rigido. Una marionetta che muove le braccia per portarsi controvoglia del cibo alla bocca.

Quando il cameriere ci chiede se vogliamo dolce o frutta, lei risponde al posto mio: "No grazie, solo il conto per favore".

Insisto per pagare, almeno a questo ci arrivo. Devo lottare per convincerla. Lei insiste nell'affermare che il conto spetta a lei, poiché mi ha invitato, e magari io ci sono pure andato controvoglia.

Come se fossimo in assortimento invertito. Come se io fossi un gigolò con una racchia tardona. Sono davvero spaesato.

Come se mi stesse prendendo in giro. Una candid camera crudele e prolungata. Un angelo pagato da qualcuno per regalarmi dei momenti di calore umano.

Uno scherzo di cattivo gusto, una cosa del tipo: Vediamo cosa fa con un corpo vivo tra le braccia.

Io lo so che esiste gente annoiata e vuota il cui unico desiderio è l'altrui umiliazione. Vedere un uomo disperato ha qualcosa di morbosamente rassicurante.

Un uomo disperato dà sollievo agli insicuri.

Trentaquattro

Mi invita in casa sua, dopo cena.

Vieni a scaldarti un attimo, prima di andare a casa.

Questo mi ha detto.

Ha usato un argomento vecchio e banale. Il clima. Il tempo. Il freddo dell'inverno che congela le mani e le orecchie.

Io accetto ed entro in casa sua come un animale condotto al macello. So di essere diretto verso un destino ineluttabile.

La differenza è che io, questo animale su due zampe che ormai sta diventando vecchio, ho voglia di essere macellato. Lo voglio con tutto me stesso. Voglio essere un pezzo di carne che si unisce ad un altro. Sebbene sia terrorizzato.

Sono anni che non sfioro un corpo di donna. Un corpo vivo, intendo. Quelli morti non contano. Non rientrano in queste statistiche.

Bevi qualcosa?

So che Humphrey Bogart avrebbe chiesto del whiskey con ghiaccio, un abbondante bicchiere.

Forse così dovrei fare anch'io.

Lei mi viene incontro. Di solito io mi faccio un tè o una tisana. Ti va?

Meno male. Non mi andava altro alcool. Magari mi avrebbe sciolto la lingua ed i movimenti, ma mi avrebbe fatto pulsare le tempie e ronzare la testa.

Prepara dell'acqua in un pentolino come quello che avevo da piccolo per il latte della colazione.

Prende zucchero, miele ed una scatola di legno che presenta sul tavolo aperta, formata da scomparti contenenti buste singole di infusi vari.

Una camomilla farebbe al caso mio. Ma sarebbe un punto a mio sfavore. Scelgo un tè nero all'arancia e spezie. Mi sembra una cosa maschile.

Mi siedo sul divano. È di un rosso scuro, a coste orizzontali. Lei mi si avvicina guardandomi con un sorriso che mi inquieta. Mi sa che ci siamo.

Deve aver capito che è lei a dover fare una mossa, che io sono atterrito.

Posso?, mi chiede in piedi davanti a me, indicandomi le gambe.

Io non so bene cosa intenda, ma da galantuomo annuisco.

Allora con un gesto fanciullesco solleva leggermente i pantaloni tirandoli all'altezza delle cosce, come se dovesse salire su una moto, e mi sale a cavalcioni.

Siamo vicini. Vedo le sfumature dell'iride dei suoi occhi. Pagliuzze dorate intorno al nero della pupilla.

Mi guarda sorridendo. Io tremo.

Poi mi infila la lingua in bocca.

Ed io, finalmente, torno ad essere uomo. Rinasco uomo.

La circondo con le braccia. La accarezzo. Le stringo le spalle, le braccia, il tronco. Divento uomo forte con quel corpo cedevole nelle mani.

I miei gesti si fanno vigorosi e audaci.

Continuiamo a rimanere allacciati per le bocche, sempre più ansanti.

L'erezione mi coglie impreparato. Forse funziona ancora tutto, l'impianto idraulico lì sotto.

Uscendo da casa sua mi attardo nel salutarla. Lei è protetta dietro la porta socchiusa, come se l'intimità vissuta all'interno fosse un vapore caldo che vuole trattenere.

Se avessi la coda scodinzolerei, e se fossi un gatto farei le fusa. Sorrido.

Ha nevicato. Vedo palme con i rami a ventaglio carichi di neve.

Io e lei siamo uguali. La palma sgomenta di fronte alla neve, come io lo sono di fronte a questo sentimento che mi fa sorridere e camminare a passi lunghi e leggeri.

Sgomento di fronte al sentimento.

È morto qualcuno?, mi viene da pensare.

O è nato qualcuno? O qualcosa? Quando un uomo ed una donna si amano in questo modo, nasce sempre qualcosa. L'amore è ciò che la natura ha scelto per far nascere la vita.

Trentacinque

Non saprei descrivere esattamente cosa sia successo ieri sera. Non è che non ci fossi. Proprio il contrario, forse c'ero troppo. Ero talmente presente nell'essere attraversato da quelle scosse di vita che non devo aver registrato gli eventi. Il cervello era bruciato dalle fiammate, ero solo fatto di emozioni.

Avevo perso me stesso insieme a tutte le paure. Ero libero e leggero, dopo tanto tempo. Ed ero vivo, di una vitalità tanto forte che avrebbe recato danno ai miei clienti defunti. Ricordo poche cose. Ad esempio che i suoi glutei si sono rivelati inaspettatamente rotondi e sodi.

E che lei mi aveva guardato. Mi aveva puntato gli occhi dentro. Il suo sguardo mi desiderava, e me lo diceva chiaramente.

Un desiderio tanto forte da spaventare. Da provocare ansia da prestazione.

Ma il mio cervello era troppo annebbiato dal desiderio, ormai, il mio corpo era già andato oltre a tutti i dubbi e le paure, lanciato come un treno in corsa dentro una galleria senza luci.

Di tutto quello che viene dopo ho solo confusi fotogrammi, porzioni di corpo, gemiti, odori penetranti, respiri affannati, calore, forza.

E ricordo che nel momento più alto dell'amplesso lei era sopra di me, bellissima, che si contorceva dal piacere. Ed ho pensato che lei fosse venuta pensando di essere da sola. Io l'ho guardata godere, godendo io stesso ma senza rendermene conto. Come se in realtà non stessimo facendo sesso. Ho avuto un raro orgasmo insensibile.

Lei ansante si è sollevata e si è informata, da perfetta padrona di casa: Nel marasma che c'è stato non mi sono accorta se tu sei venuto o no.

Io ho preso tempo. Ho dovuto capire prima di cosa parlasse.

Sì, sì, sono venuto.

L'ho detto come se avessi sporcato per terra.

A volte la prima volta che fai l'amore con qualcuno è tutto sbagliato. Perché ognuno ha un modo diverso di farlo, e bisogna imparare a conoscersi. Poi succedono cose come questa...

Poi succedono cose come questa...

Trentasei

Fatta la prima faticosa breccia, il resto delle mie reticenze è crollato come le mura di Gerico. Diventiamo amanti, coppia fissa, compagni, innamorati. Date la definizione che preferite, se vi riesce di descrivere con una sola parola un uomo che iniziava a sentirsi vecchio che ha trovato la sorpresa più grande mentre non cercava niente, insieme ad una donna la cui vitalità impressiona persino la morte che solitamente alberga nel mio negozio. Uno scoprire ogni giorno un nuovo modo di vivere, di amare, di parlare, di gesticolare e di pensare. Un capire che i limiti che avevo tracciato come confini della mia vita non contenevano praticamente nulla. E lei, giorno dopo giorno, mi svela al mondo, svelandomi il mondo.

Quanto è stato trascurato questo corpo?

Ecco, ci siamo. Mi sembrava impossibile che potesse non accorgersene.

Si nota molto?

Io lo percepisco... lo sento da come reagisce. Impaurito, quasi. Traumatizzato dall'abbandono.

Mi vergogno un po'.

Lei mi annusa, mi si strofina contro. Sento i suoi capezzoli induriti pungermi la schiena.

Mi lecca e mi soffia il fiato caldo sulla pelle. È un gioco che le piace fare spesso. Si insinua tra le mie natiche. Si spinge dove nessuno è mai arrivato. Entrano in gioco parti del corpo che pensavo servissero solo ad altro. Polpacci, ginocchia, schiena. Mi accarezza le gambe, gioca con i miei peli.

Sei una Terra sconosciuta. Voglio imparare a conoscere le tue valli ed i fiumi che le solcano, le praterie, le cime. Voglio essere la prima ad esplorare le tue terre. Hai il profumo dei campi di grano. Della terra arata di fresco. Il sapore dei torrenti di montagna. Sei il mio pascolo.

Sento gli occhi tremare, come per paura di farsi sfuggire una lacrima. Cosa è stato questo corpo per tutti questi anni? A chi hai dedicato tutte queste tue meticolose attenzioni, mentre ero così solo?

Sono nudo e svelato come non lo sono stato mai.

Mi sembra che il mondo sia tutto qui, adesso.

Le persone si dividono in due categorie: quelli che vivono nel passato e quelli proiettati nel futuro.

E nel presente? Non c'è nessuno che vive nel presente?

Non credo. Non stabilmente. Forse qualche monaco buddista...

Facciamo l'amore e godiamo insieme guardandoci in silenzio senza imbarazzo.

Adesso stiamo vivendo il presente. Lo senti?

Sì, lo sento... tu sei giovane ma hai capito troppo della vita. Io sono solo il meno vecchio di quelli che potresti frequentare.

Tu sei saggio, e poetico. E sei un tormentato ricercatore, come me.

Mi gonfio di orgoglio, mi sento giovane e simpatico, carico di esperienza, persino brillante.

Che strano che tu mi abbia chiesto se puoi venire, è una cosa che fanno gli uomini, di solito.

Io sono per la parità: se lo chiedete voi lo posso chiedere anch'io.

Mi fa ridere. La amo perché mi fa ridere. Oltre a tutto il resto.

È morto qualcuno?

I miei freni inibitori.

Bisogna stare attenti, è pericoloso. Deve chiamare subito il meccanico.

Ci penso da me, stai tranquillo.

Ah, si intende anche di meccanica lei? Che bravo...

Trentasette

Agata mangia poco. Salta i pasti spesso e volentieri. Dice che il mondo è pieno di persone che non mangiano tre volte al giorno, siamo noi l'eccezione. Ma lei non dà l'impressione di essere denutrita, è sempre piena di energia e vigore.

Non ho mai conosciuto nessuno così meticolosamente pulito, soprattutto in termini di igiene intima. Prima di ogni rapporto si lava, dopo ogni rapporto si lava, dopo ogni minzione si lava. Il suo sesso è il luogo più pulito dell'universo. Mi fa sentire un profanatore di qualcosa di sacro. Io solo ho il diritto di insozzare, e prima del mio ingresso viene purificata.

Come mai te la lavi sempre, prima dell'amore?, confidando in una risposta tipo: Perché mi voglio offrire a te all'apice del candore.

La realtà è concreta e crudele.

Perché per anni ho sofferto di candida, e l'igiene e l'alimentazione sono le due armi migliori per debellarla.

Ecco, non il candore, ma bensì la candida.

I suoi vestiti sono vistosi ma comodi. Non mette tacchi vertiginosi o pantaloni attillati. La sua bellezza fluida si intuisce solo sotto gli abiti, bisogna sapere che c'è, per vederla. Questo mi rasserena un po', stempera la mia gelosia.

Dice sempre "Grazie", per una serie di cose che gli altri danno per scontato. Ogni volta che ci vediamo e ci divertiamo mi dice: "Grazie per la giornata", o "Grazie per la serata", o ancora "Grazie per aver cucinato per me", oppure "Grazie di questo bel film che abbiamo visto".

Le chiedo perché.

Ne stavo parlando con un frate, qualche anno fa. Gli ho detto che a volte ero proprio contenta di qualcosa e mi veniva voglia di dire grazie a chi stava con me. Ma non lo fa nessuno, e mi pareva quasi brutto.

E lui che ti ha detto?

Se hai voglia di dire grazie, dillo, mi ha detto, che sicuramente non fa male. E da allora lo dico.

Fa tante smorfie. Ha una bocca che da sola basterebbe a descrivere tutti gli stati d'animo. Anche senza il resto del volto, anche senza quegli occhi altrettanto espressivi. Quando canta ha una voce acutissima, ma quando parla la sua voce riesce ad essere molto profonda, per essere la voce di una donna. A volte fischia cercando di inseguire la musica di sottofondo, ma è un tentativo fallito, ne esce una versione storpiata e dissonante. È stonata, quando fischia.

Non è un'esperta di musica, ma sa ascoltare molto bene, e questo le permette di percepire la qualità.

Ma soprattutto, la cosa che più le invidio, è che sembra aver trovato esattamente il suo posto nel mondo. Sembra sapere esattamente dove si trovi. Sa sempre quale direzione deve prendere, anche senza pensarci, a volte, anche a piedi, mentre io sono indietro, ancora fermo a leggere i cartelli.

E ancor di più sa fino a dove è arrivata. Sa quanta strada ha dietro e perché l'ha percorsa.

Io no.

Io ricomincio da capo.

Tutte le volte e in ogni campo.

Non so se è un problema di memoria emotiva o fisica. Ho un'ottima memoria cognitiva, ma per pareggiare i conti devo essere sprovvisto di memoria emotiva. Esiste, un simile concetto? Io riparto da capo con le esperienze, ogni volta. Sono teso, o meglio lo ero tutte le volte che dovevo andare a sciare. Il primo skilift della giornata era sempre come quello del mio primo maldestro tentativo sulle piste. Impacciato ed insicuro. Come se non fossi capace. Un'inerzia da vincere ogni volta, per qualsiasi cosa. Ogni volta che mettevo i pattini, che dovevo prendere la bicicletta, che dovevo cucinare. Persino quando dovevo leggere a scuola mi sembrava di dover ricominciare da capo.

Sono poche le cose a cui sono abituato. Quelle strettamente quotidiane. Il resto è tutto una novità. E ansie.

Ci si abitua a vivere con le ansie, in questi casi. O si rinuncia a vivere. Ed io non so bene cosa ho scelto, almeno fino ad ora.

Ma dopo tanti e lunghi esempi negativi, ho trovato un importante risvolto positivo di questa mia lacuna, quella del partire da zero.

Lo slancio emotivo. La passione.

Ogni volta che devo vederla è la prima volta. Almeno nei primi istanti e soprattutto in quelli immediatamente prima dell'averla di fronte. E la desidero sempre. Anche se l'ho desiderata ardentemente ieri, o anche stamattina. Me ne dimentico. Così fa il mio corpo, si azzera e si svuota ogni volta. E io me ne devo riempire di nuovo.

Come ci si può stancare di qualcuno, quando si è fatti così?

Ho capito perché sono stato lasciato: per me la fase dell'innamoramento non finisce. Si rinnova, perpetua, ogni giorno. Sono una sorta di ricettore universale, da questo punto di vista. Un vecchio ricettore universale. Solo che la mia anima gemella non è un chiunque che si possa infastidire alla lunga. No. Ho bisogno di una specie di donatore universale. Solo così potremo essere completi. Qualcuno che ogni giorno abbia voglia di essere desiderato e conquistato dalla stessa persona. Qualcuno che ogni giorno come prima cosa mi ricordi dove siamo arrivati. Qualcuno che tenga la contabilità emotiva per me, così confuso dalle esperienze già fatte e ancora da fare.

Una tasca dei pantaloni con un buco, è il mio sacco delle esperienze.

Come faccio a saziarmi di te?

Non devi...

Non era mai sazio perché partiva sempre da zero.

Trentotto

Non ci sono più le stelle, sembra che siano scomparse.

Non si vogliono più far vedere.

Sono diventate timide, o sono scappate.

Secondo me si sono sforzate di fare più luce, per farsi vedere. Ma sono troppo lontane...

Mi guarda.

Sorridi. Io lo faccio, se ti penso.

Il suo volto mi si imprime nella carne.

La vedo come in trance. Lavoro, dormo poco, in qualsiasi ora del giorno mi libero per andare da lei a sorbirne una dose quotidiana. Ricordo poco, solo immagini e scorci di conversazione, corpi nudi e sorrisi, sguardi e lacrime.

Si copre la bocca con il dorso della mano, e mi guarda. Gli occhi celesti. Lo sguardo malizioso e sorridente.

La vedo nuda sopra di me, che mi guarda. Lo sguardo è carico di promesse solo intuite. Ma io so che saranno anche mantenute. Poi si morde il labbro. Adoro quando si morde il labbro.

Facciamo l'amore, tanto e bene. Siamo due adulti con i cuori alleggeriti degli anni e delle paure. E dopo l'amore si è disposti a tutte le confidenze, ci si spoglia l'anima come prima si è fatto con il corpo.

Le sue parole sono nuove, come nuovo è tutto di lei.

Mi vai subito alla testa, come il vino.

Adoro questo parlare un po' a voce alta e un po' a voce bassa.

Sto facendo l'amore con gli occhi. Con gli occhi e con le mani. Vorrei avere le mani ancora più grandi, per poterti stringere tutta.

Vorrei potermi aprire più di così, per farti entrare in me completamente.

Ho l'anima sulla pelle, stai attenta perché potresti uccidermi con poco.

La penombra. Conosco il suo sorriso nella penombra. Mi guarda negli occhi e riesco a capire quando mi sorriderà. Lei lo fa in fretta, quasi a tradimento. Ma io lo so. E quando arriva mi rassereno. E le guardo la bocca.

Anche al buio so che sei bella.

Non pensavo che avrei potuto provare cose simili, proprio io...

Non l'hai ancora capito? Non sono io e non sei tu. Siamo io e te insieme.

Penso, ancora una volta, che sia uno scherzo. O un angelo pagano, di quelli del paradiso in Terra, che ha la missione di portare felicità. Di sistemare una vita, di renderla magari un po' normale.

Trentanove

È il mio compleanno.

Siamo a casa sua. Mi ha preparato una torta fatta da lei, con cannella, zenzero, cacao e marmellata d'arancia. Ha un profumo delizioso, anche se l'aspetto è irregolare e instabile. Non lo dico, ovviamente, sono un gentiluomo.

È la mia torta. È da tanto tempo che non festeggio un compleanno al di fuori della famiglia. Ci ha messo sopra anche le candeline, a forma di numero.

Dai, devo spegnere le candele?

Certo, che ti credevi?

Non ricordo quando è stata l'ultima volta che ho dovuto spegnerne soffiandoci sopra.

I riti sono importanti. Ormai abbiamo perso tutte le tradizioni, almeno le poche rimaste è fondamentale tenerle.

Ma io non mi ricordo più come si fa. Cioè, devo fare qualcosa?

Sei proprio messo male. Qui c'è poco da dividere le persone: tutti sanno come si festeggia il proprio compleanno, tranne te. Allora, ascoltami bene: adesso io spengo le luci, vado di là, accendo le candele, torno qui da te. Ti canto la canzoncina tanti auguri, alla fine tengo il "tanti auguri a teeeee" lungo, batto le mani, tu soffi, grida di giubilo, possiamo accendere le luci, mangiare la torta e tu ti apri i regali. Chiaro?

Puoi ripetere, mi sono perso a spengo la luce.

Non fare lo scemo, che lo so che hai capito.

Ok.

Tutto si svolge esattamente come mi ha spiegato lei. Se non che al momento della canzone, quando mi canta tanti auguri con la sua voce acuta, da sola, nel buio contrastato solo da due tenui luci malferme, mi commuovo. Spengo le candele, mi si avvicina al buio per darmi un bacio, mi stringe infilandosi con il viso nell'incavo del collo, premendo tutto il suo corpo contro il mio. Sento il suo seno, sento il suo ventre. Ma è una tenerezza, sono corpi che si strofinano il calore addosso, senza malizia.

Si assenta. La luce torna nella sala.

Si ripresenta con un pacco voluminoso, dalla forma irregolare. Non è una scatola, né qualche abito. È duro.

Mi guarda con un sorriso volutamente indecifrabile. Gioca a fare la sciocca.

Chissà che sarà... Mah.

E sospira.

Adesso lo apro, non ti preoccupare. Sono curioso, davvero curioso.

Non riesci ad immaginare cosa sia?

No. Proprio niente. Buio totale.

Lei sorride ancora più raggiante.

Non indovineresti mai.

Sciolgo il nastro, lo scarto. E rimango esterrefatto.

Un piede. Un piede di gesso nell'atto di protendersi, allungato. Le dita chiuse. Un piede piccolo e ben fatto che mi risulta stranamente familiare. Guardo il sotto. Lo accarezzo con la mano. È freddo ma liscio, è piacevole toccarlo. E io lo so cos'è.

Grazie, è... è bellissimo.

Ci credo, è il mio.

Ma... come ti è venuto in mente di regalarmi un calco del tuo piede?

Così raggiungo due scopi: primo, hai un mio piede sempre con te, e so che ti fa piacere; secondo, se proprio ti venisse voglia di regalarmi un paio di scarpe, le puoi anche provare. Sai, altrimenti si rischia sempre di sbagliare numero.

Quaranta

Agata ha piedi piccoli e forti. Hanno calli ruvidi sotto il tallone e sulla pianta in direzione dell'alluce. Danno l'impressione di poter tirare dei bei calci.

Tutto il suo corpo trasmette forza ed energia fluida.

Nudi nel letto, lei ha le gambe rannicchiate davanti al mio petto. Le prendo i piedi per accarezzarli, li percorro piano alla ricerca delle rugosità. Lei mi sorride, divertita da quel gioco per lei nuovo. Chissà cosa pensa, forse di piacermi proprio tutta, dai capelli fino ai piedi, ed è per questo che il suo sorriso è così compiaciuto. Io le lascio credere ciò che di meglio può immaginare. Le sorrido, mentre stringo entrambi i piedi come se ci tenessimo per le mani.

Cosa provi a maneggiare un cadavere?

La sua voce esce stanca, arrochita dai lunghi silenzi e dai gemiti. Io la guardo per accertarmi che sia stata lei a parlare. Ecco a cosa pensava, ed ecco spiegato il sorriso.

Non penso mai che siano cadaveri. Sono persone, solo che sono morte. Persone che si lasciano maneggiare di buon grado. Mi dico spesso una banalità: sembra che dorma. Che è anche quella che sento più spesso. Quando lo dicono i parenti mi inorgoglisco, significa che ho fatto un buon lavoro.

Non ti spaventa il fatto che siano morti?

Come se potessero diventare zombie o fantasmi?

No, cioè sì. Insomma, non che lo diventino davvero, ma tutta questa letteratura alla fine a qualcosa è ispirata. O al contrario qualcosa ci ha insinuato. Non credi?

Sinceramente no. Capisco il turbamento che si possa provare... ma io sono abituato fin da piccolo. Sono come statue umane.

Statue umane..., ripete lei cercando di dare corpo all'idea tra i suoi pensieri. Poi riprende.

Trovo nobile quello che fai.

Nobile? Vestire i morti?

Sì. Un corpo umano ritrova tutta la sua profonda umiltà solo una volta morto. Diventa eroico, Prometeo incatenato sbranato dalle aquile, Gesù sulla croce. Ci pensi a quanto sia gloriosa la visione del corpo umano donato come pasto per i corvi, che fiduciosi ne strappano brandelli? Non siamo più minaccia, né menzogna. Non siamo forza e alterigia. Carne, solo carne, pasto per esseri che per tutta la vita abbiamo calpestato e cacciato.

Non faccio nulla di nobile, e non lo farò finché non sarò io stesso cadavere.

No, mio caro. Tu li prepari perché l'offerta sia solenne.

Preparava i cadaveri come per un'offerta solenne.

Sai che in realtà a volte penso di essere un prestigiatore che ritocca solo la superficie? Voglio dire, maneggio il visibile, quel che resta di un corpo, non vado oltre.

Non sottovalutare il corpo. Non abbiamo altro su questa Terra. Il nostro corpo è il primo, l'unico e di conseguenza il più fortificato dei confini nel nostro essere. Gli altri ci vanno a sbattere contro. Qualsiasi forma di interazione diretta passa per questa pelle. Il contenuto può essere grandioso o misero, ma il contenitore è davanti agli occhi di tutti per essere giudicato.

C'è un modo per varcare questi confini, insinuo io sorridendo maliziosamente.

Lo so. Un uomo dentro a una donna.

Tanti auguri, Ernesto.

Quarantuno

Mi sta guarendo. Dalla Solitudine. Dall'apatia. I nostri amplessi sono squarci di ribollente vita. Mi contamina di passione. Gocce di sangue nel liquido trasparente che è la mia vita. Me la spalmo addosso e come un unguento miracoloso lenisce le mie ferite di uomo fallito. Mi strofina addosso la sua pelle, mi percorre con le labbra, mi cosparge di saliva. Il suo sesso lambisce la mia schiena, i miei arti, fino a posarsi come un frutto carnivoro sulla mia faccia. La mia bocca è il frutto da cogliere. Mi estorce la lingua, mi richiama a sé. Vuole che io lecchi mentre i suoi liquidi mi penetrano in gola per guarirmi. E dopo la furia, la quiete delle dolci carezze, dei sorrisi e degli sguardi sazi.

Ha dell'incredibile quello che ci sta capitando. E la cosa più incredibile è la dolcezza. Il resto potrebbe, diciamo così, anche starci. Ma la tenerezza e la dolcezza no.

La mia mano la cerca, le carezzo le braccia.

Non pensi a me come a un avanzo di vita?

Io sono ecologista, sono per il riciclo.

Avete presente quando dite "mai" nella vita?

Io a dire il vero non ci ho mai fatto caso (ed eccolo il "mai" che già lo si usa). Non ci avevo fatto caso, tutte le volte precedenti. Ma adesso in qualche modo devo. È concesso usare alla mia età espressioni tipo "Non ho mai provato per nessun'altra quello che provo per te"? Siamo onesti nel dirlo o è solo un nostro tentativo di offuscare dei ricordi alla nostra memoria?

E se è vero, che vita abbiamo avuto prima? Forse mezzo vuota?

Sei bellissimo. Mi piaci così tanto.

Riderei compiaciuto se non fosse che fatico ad abbandonarmi a una simile piacevole rivelazione. Mi sento quasi preso in giro.

Però con il tempo mi ci abituo. Quel suo sguardo di fuoco non mente. Quel mezzo sorriso torbido cela desiderio. E allora sento tutta la fortuna degli uomini belli, sento il potere che si ha nelle mani. Sento gli effetti dei miei gesti su di lei. So che mi guarda e mi atteggio. Io, con la mia faccia scarna e malaticcia, divento un duro, virile ed invincibile. Oso gesti mai tentati, parole normalmente represse in fretta. Le piace tutto di me, i miei peli lunghi, le mia dita magre, la mia pelle bianca. Non ha mai deriso il mio Pallore. Ho quasi pensato che me ne dovessi offendere, all'inizio, perché non si è degnata di dedicargli neppure un commento. Come non lo avesse visto.

Adoro la tua pelle chiara.

Chiara, ha detto. Né bianca né pallida. Diventa subito una qualità. Le piace anche quello.

Siamo fatti per vivere queste emozioni. Lo scopo di un'intera vita può forse essere concentrato in poche settimane di perfezione, di corpi spossati e sorrisi raggianti. Essere desiderati è come vivere di più. È sapere che qualcosa di immensamente bello spetta anche a noi. Lo sapevo, lo sentivo dentro me che poteva esistere una cosa simile, che avevamo un destino nobile in potenza.

Vieni da me, Agata, ti stringerò tra le braccia e sarò un nido per te. Se vorrai vedere l'uomo sarò forza, se vorrai vedere il sogno sarò le tue ali, se vorrai sporcarti le mani sarò il tuo fango.

Se vorrai vedere l'uomo che la vita ti ha riservato guardami, e trovami ancora bello.

Io ti guardo e vedo solo luce.

Quanto c'è di inedito in te?

È una domanda all'età, più che a me. È impossibile pensare che la mia forma di amore sia inedita. Che io sia nuovo come lo è lei per me. Che i miei comportamenti non siano repliche di qualcosa già visto in altre storie.

Invece io sono tutto nuovo. Sono nato per fare le cose che faccio con lei. Per avere questa sconcia audacia. Questo silenzio di sguardi parlanti. Queste parole che racchiudono i segreti più antichi dell'universo. Questa fantasiosa forma di erotismo. Questa brutalità con cui la afferro.

Sono un inedito nella sua forma originaria.

Era un uomo inedito.

Quarantadue

La accompagno a prendere dei vestiti. Esperienza rischiosa che comporta esposizione di opinioni. Come molte donne, Agata ha bisogno della spintarella all'acquisto. La commessa si prodiga in complimenti, perché quei pantaloni le stanno benissimo addosso, o quella maglia fa risaltare particolarmente i suoi capelli-occhi-bocca, a seconda di ciò che le passa per la testa. Ma lei ragiona al contrario. Tendenzialmente la sua spintarella è in realtà negativa: sceglie sempre ciò che piace meno alle commesse, che a dirla tutta sono poi abili e pronte nel cambiare opinione e nel convincersi che forse sì, ha ragione lei. Tutto per la sua forma di anticonformismo stilistico. Non vuole avere quello che avrebbero scelto gli altri. Vuole avere lei la responsabilità di farsi stare bene addosso le cose, in base ad abbinamenti su cui vuole avere l'unica e ultima parola. Questo è quanto ho capito di un discorso ben più complicato che mi ha fatto.

Dopodiché si è convinta, e ha cercato di convincere anche me, che anch'io avrei avuto bisogno di qualche indumento nuovo.

Dai, non ti pare il caso di osare, con qualche colore nuovo addosso?

Mi coglie completamente alla sprovvista.

In realtà io ho già tutto il guardaroba abbinato, tutti i capi sono stati selezionati per potersi abbinare ai colori base del mio abbigliamento solito. Se mi scombini...

Per esempio il viola va così tanto.

Ma non ho niente di viola!

Appunto. O l'arancio.

Ma come faccio ad abbinare l'arancio ai miei...

L'arancio sta benissimo con il marrone.

...

E anche col viola.

Ma... mi ci vedi vestito di viola?

Il viola è un colore funebre, ti ci vedo sì.

...

Sto scherzando.

No che non stai scherzando.

Ma le sorrido. Solo lei mi prende in giro così. Lei può tutto, persino questo.

Ci fermiamo davanti ad una vetrina di abiti. Ci sono le decorazioni di Halloween, con zucche finte e finte tele di ragno con il loro grasso ragno dentro, anch'esso finto, con la lingua fuori. L'intento forse era che il ragno facesse paura o che la sua linguaccia fosse di sberleffo, ma la lingua così ciondoloni gli dà un'aria da ebete, come nei cartoni animati quando qualcuno prende una botta in testa.

Vedi? L'arancione è il colore di Halloween, quindi puoi fare rientrare anche lui nei tuoi colori "base".

Io non sono una zucca, però.

Invece sei proprio una zucca vuota.

Mi guarda con studiata superiorità.

Aspettami, arrivo subito.

E scompare dentro una cartoleria, da cui traboccano giochi e travestimenti macabri. La vedo muoversi velocemente per il negozio, pagare alla cassa ed uscire con un sorriso soddisfatto.

Questi sono per te. Io mi vesto da strega, perché sono una strega bellissima. Rimarrai sbalordito da quanto sia realistica.

Non fatico a crederlo.

Cosa vorresti insinuare? Una strega giovane e bella che partecipa nuda ai sabba nel folto della foresta, mica una vecchia con i porri sul naso, i denti marci e la gobba.

Mi immagino la scena. Devo spostare l'attenzione altrimenti rischio di eccitarmi.

Perché mi guardi così?

Niente. Cosa c'è qui dentro?

Guarda.

Apro l'involto e vi trovo dei grossi bulloni finti da attaccare alle tempie e due cicatrici.

Quella lunga è per la fronte, e l'altra per la guancia, da mettere in diagonale. Scegli tu la guancia. Le cicatrici sono fatte di punti di sutura che sembrano punti metallici di una cucitrice.

Come Frankenstein saresti perfetto.

Molto spiritosa.

Sorrido debolmente. Sono stato deriso per troppo tempo, su questo, per riuscire a riderci sopra.

Io di solito festeggio i morti, non i santi. A modo mio, magari, senza clamori. Apro una bottiglia di spumante, il 2 novembre. Credo di essere l'unico a farlo. E prendo i dolci, le ossa dei morti, quei biscotti chiari e duri che si ammorbidiscono solo se inzuppati nel vino, come i cantucci nel vin santo.

Mi dà appuntamento per la sera, in un locale molto frequentato. Dice che dovrò trovarla in mezzo alla folla travestita. Ma mi riconoscerai, sarò la strega più bella.

Ha preteso che io mi presenti truccato. Io mi presto al gioco, se lo chiede lei non mi sento ridicolo, lo faccio per qualcuno per il quale vale sicuramente la pena.

Mi presento in anticipo, ovviamente, con i miei bei bulloni piantati nelle tempie e le mie cicatrici a solcarmi la faccia. Faccio un giro guardandomi intorno. C'è molta gente e molta confusione. L'ambiente sintetico della serata mi consente di evitare di dover celare espressioni di fastidio, a volte persino di disgusto. Comunque non la vedo, non è ancora arrivata.

Per ingannare l'attesa bevo birra seduto al bancone, su uno sgabello alto e scomodo. Intorno a me le solite anime solitarie da bancone. La birra è buona e dolciastra, ambrata. Si sente il sapore dell'alcool, deve essere forte.

Quando sono circa a metà boccale, e comincio a sentire la testa leggera, mi si avvicina una tizia in evidente artificiale eccitazione e mi chiede quale trucco abbia usato per sbiancarmi in questo modo così naturale. Non si nota neppure, il trucco.

Visto? È una cosa molto costosa, ma l'ha procurata un'amica che lavora nel cinema.

Sento ridere alle mie spalle. Mi giro e vedo la strega più bella che si possa immaginare. Rossetto scuro sulle labbra, matita intorno agli occhi che sfuma a punta verso le tempie. Forse qualcosa per schiarirsi un po' il volto. In testa ha un cappello, nero, con la falda ampia e la punta a cono, un po' molle verso sinistra.

Agata ride. Ride ed i suoi denti risaltano bianchi contro le labbra violacee.

Sei meravigliosa. Fammi tutti gli incantesimi che vuoi. Tramutami in cane, io ti seguirò fedele. Tramutami in maiale e mangiami, nutriti di me.

Ride ancora, soddisfatta dei complimenti.

Peccato che io sia vegetariana.

Ma in qualche modo mi nutrirò di te.

Lo spero.

Va tutto bene. Se lei ride e mi vuole tutto va bene. Posso anche sembrare Frankenstein, e sopportare le derisioni di una vita.

Quarantatré

Ansimo.

Ma non è come pensate. Non sto facendo sesso.

Avanzo contro un impalpabile oscuro. Vapore tentacolare di mistero. Ostracismo di luce. La tenebra, in cui cammino come spintoci dentro. Un buio che contrasta i miei passi. Solo il bianco sembra sopravvivergli, come se il candore sia l'unica arma capace di sconfiggerlo. La neve non è durata, si intravvedono qua e là sui prati macchie rade come brandelli di lenzuola. Sagome confuse di arbusti e alberi si distinguono appena. Forse diverse tonalità di nero, benché sia un paradosso cromatico. Per fortuna ho le scarpe chiare. Le vedo avanzare in un sentiero che mi immagino soltanto. Deve essere questa tenebra di morte tutt'attorno che mi fa sentire così vivo, per contrasto.

Ad un becchino non può non piacere il buio.

Voglio vedere il bipolarismo del mondo.

Perché ci sono momenti della giornata in cui il mondo è diviso in due. Non ci sono tagli netti, né linee di demarcazione, la differenza non è nell'essere in un posto o in un altro. La differenza è dove si guarda. Due mondi che sono luce e buio, giorno e notte, speranza e morte. Se stiamo andando verso est, vediamo la luce, un'alba di colori accesi che contrastano con le sagome nere delle montagne. Se andiamo verso ovest, vediamo il residuo di tenebra, quello più restio a cedere il passo alla luce del giorno incipiente. È possibile scegliere di guardare il giorno o la notte. Contemporaneamente.

Chissà se Dio ha voluto premiare l'est in qualche modo, con il sorgere del sole, o se pensa di aver pareggiato i conti con il tramonto?

Ogni oggetto fisso ha un orientamento, e quello definisce la sua esposizione al sole per tutta la sua vita. Vedrà il sole sorgere sempre dalla stessa parte e accarezzare sempre il suo stesso lato. Intere montagne le cui pareti non sono mai state accarezzate dal sole nascente, o da quello morente.

Ed io sono così, con i miei due lati.

Bisogna pur scegliere qualcosa, a questo mondo. Almeno come essere orientati. Devo scegliere da che parte essere orientato. Cosa preferisco: sapere che quando il sole nasce lo avrò di fronte, ad accecarmi la vista, o tenere lo sguardo sulla rassicurante tenebra, in attesa che il giorno intero passi, portandomi il tramonto davanti agli occhi?

Oggi guardo la luce, saluto con speranza il nuovo giorno che comincia.

Salutava con speranza il sole nascente.

Quarantaquattro

Torno verso casa attraversando un sentiero da cui filtra una luce timida tra le fronde autunnali. Io ho la passione per i boschi. Quelli di latifoglie, in autunno. Ma anche le pinete. Possibilmente in autunno, sempre. Quando sembra che tutto grondi umidità, lacrime di piante che si spogliano delle foglie e della vita fino alla prossima stagione calda. Questo amo. Quest'atmosfera di malinconia che sembra trasudare da ogni tronco, da ogni ramo, dalle agonizzanti foglie che formano un tappeto omogeneo sul sentiero.

Sembra strano, amare questo, e amarlo per questi motivi. Ma io so perché.

Mio padre è un uomo eccentrico.

Quando fu tempo di cambiare la tappezzeria nella casa in cui vivevamo, io avrò avuto una decina d'anni, fece installare una foto a tutta parete di un bosco autunnale. In quella fase dell'autunno in cui la malinconia è già iniziata ma le piante non se ne sono ancora accorte del tutto, e si tengono aggrappate le foglie. Ho chiara nella mente l'impressione avvolgente che mi produceva quella foto: tante volte ho pensato che sarebbe stato bello poterci entrare, come andando nell'altra stanza. Non l'ho mai analizzata, non so che piante fossero, così a memoria potrei dire delle querce e dei castagni. Ricordo però una particolarità: la parete era più larga della foto, e per coprirla tutta il tappezziere si era inventato di proseguire riprendendo l'immagine, ma ribaltandola, girandola da sinistra verso destra, in modo che vi era un tronco d'albero che risultava perfettamente simmetrico, e alla sua destra il bosco riprendeva, come di fronte ad uno specchio.

Questo dava a quell'albero quel tocco di irrealtà che lo rendeva protagonista ideale di storie fatate. Abitazione di elfi e hobbit. Casa per gli scoiattoli Cip e Ciop. Tronco antropomorfo di millenaria saggezza, pensante e parlante.

Vado nei boschi per cercare quest'albero.

Quarantacinque

Hai l'autunno in faccia.

Per via della mia barba rossiccia, lo dice.

Con Agata posso condividere i miei semplici hobby. Camminiamo per i boschi, lungo sentieri silenziosi, e ci prendiamo in giro in continuazione. Ci rincorriamo. Ci riconosciamo.

In una salita irta straripante di foglie secche di quercia, castagno e carpino bianco, la faccio cadere.

Lei si siede prestandosi al gioco. Mi guarda e fa la faccia da coiote dei cartoni animati, con la testa piegata da parte. Indossa jeans chiari consumati, scarponi, cappello di lana spessa color terra bruciata e giacca a vento beige. Non fosse per i jeans sarebbe perfettamente inserita tra quelle foglie, come se fossero sue piume. Ha fatto molto freddo ma non ha piovuto per diversi giorni. Le foglie sono secche e croccanti. Inizio a prenderle a calci sollevandole, cercando di buttarle addosso a lei. Poi ne prendo manciate con le mani e la ricopro. Una piramide di foglie secche da cui spunta solo la sua testa.

Mi sorride.

Hai mai avuto un letto di foglie secche?

Capisco ciò che mi dà forza, in questo amore. Queste dichiarazioni d'intenti, così chiare da subito. Mi ha già detto che mi vuole, che è la prima prova che un uomo chiede nell'amore.

Mi chino a baciarla. Prendo un'altra manciata con una mano e la lascio cadere sulle nostre teste.

È bello pensare di poter far l'amore coperti dalle foglie come fossero una trapunta crocchiante, ma non funziona così. Nello spogliarci degli abiti ci togliamo di dosso involontariamente anche le foglie. Come ha detto lei, le foglie sono il nostro letto. I nostri movimenti e sfregamenti producono crepitii continui che si amplificano nel silenzio della conca di bosco in cui ci troviamo. Anche i nostri respiri, condensati nell'aria gelida, riempiono il silenzio, spezzandolo. Mi immagino tutti gli animali del bosco in ascolto, così straniti per un atto così contro natura, questo amore fuori stagione.

Quarantasei

Oggi è Vanessa a tenermi compagnia.

È una ragazza giovane, circa diciannove anni. Lo so che vi dà più fastidio una morte giovane di una vecchia. Ma lo sapete che muoiono più i vecchi dei giovani, in termini assoluti, vero? La morte ogni tanto vuole qualcosa di fresco.

Vanessa è morta in un incidente stradale. A quanto mi hanno riferito la macchina su cui si trovava, guidata da un amico, si è messa a sbandare all'improvviso ed è finita nella corsia opposta proprio mentre sopraggiungeva un SUV di quelli in assetto da guerra. L'amico che guidava se l'è cavata con un braccio rotto e delle contusioni lievi. Lei è morta sul colpo. Ha diversi lividi sparsi sulla pelle chiara, ma il volto è integro e sereno. Una bella ragazza con il fisico da modella in miniatura. Le guardo i piedi e penso che in fondo era una bambina. Sono piccoli e ancora perfetti. Non vi sono tracce di strada percorsa. Non c'è passata la vita, sotto questi piedi. Mi sento come un vecchio zio, di fronte a lei. Le carezzo i capelli. Le bacio una guancia.

Lunga e diritta correva la strada, accidenti.

Ho ancora paura, mi dice.

Di che cosa, bambina mia?

Di quei fari che diventano giganteschi. Dello schianto.

Dell'inutile stridere delle gomme. Del terrore negli occhi di François.

Lui si è salvato, lo sai vero?

Sì, ma per tutta la vita vedrà quei fari. E la mia faccia terrorizzata. E saprà che quella è stata la mia ultima espressione da viva.

Pensi ti sia andata meglio?

Forse, forse.

Che abbia ragione?

Meglio la morte che una vita di paura.

Gli incidenti in macchina hanno segnato tutti, negli ultimi cinquant'anni. Chi più chi meno.

Io, per esempio, proprio a causa di questo, odio il Carnevale. L'ho odiato per anni. Sebbene sia una festa che concettualmente trovo giusta e liberatoria. Ci si traveste, si mette una maschera. Si può essere chi si vuole, persino se stessi fino in fondo, per un giorno all'anno.

Ma lo scherzo l'ha fatto la vita, per una volta, e un travestimento della realtà c'è stato davvero.

Mi viene in mente il dieci agosto, la poesia di Pascoli. "Ritornava una rondine al tetto: l'uccisero: cadde tra i spini". Mio padre non tornò quella notte. Per fortuna non morì. Ma ricordo con chiarezza il vuoto di quell'assenza che si prolungava di minuto in minuto, mentre io e mio fratello cercavamo di giocare festeggiando il nostro Carnevale privato mascherati come meglio eravamo riusciti con ciò che c'era in casa. Era una festa senza allegria, lo si sapeva già, in fondo.

Si andò a schiantare contro un pilastro, non riuscendo a fare una curva da niente.

Gli hanno puntato gli abbaglianti in faccia, ci dissero, a noi innocenti, che come credevamo a Gesù bambino avremmo creduto anche a quello. Un padre è senza macchia e senza paura.

Non avremmo potuto capire che lui sì aveva festeggiato il Carnevale, bevendo insieme agli amici fino ad addormentarsi al volante durante una semplice curva, a un chilometro da casa.

Adesso se posso lo festeggio, il Carnevale. Anche se sono grande e solo mi maschero, mi travesto. Non ci vuole molto per essere uno della famiglia Addams, per me. O Frankenstein.

E più mi sento ridicolo, meglio sto.

Quarantasette

Stasera guidi tu.

Non parliamo di un viaggio in macchina. Il suo sguardo è quello malizioso e vorace che mi mette in subbuglio le viscere. Ma mi spaventa anche.

Tocca a me. Mi sta forse mettendo alla prova. Solo che io non sono bravo come lei. Se insieme siamo fuoco e scintille è per merito suo.

È lei ad essere esperta, fantasiosa e disinibita. È lei che mi eccita.

Mi legge lo smarrimento in volto.

Fai quello che vuoi, non ti giudicherò.

Non posso sottrarmi.

Faccio quel che so fare meglio, con i corpi umani.

Stai morbida e rilassata. Stai a peso morto. Faccio tutto io.

E così prendo a spogliarla: la faccio sedere sul divano e sbottono la camicia. Sfilo il braccio destro mollemente abbandonato lungo il fianco. Uso movimenti lenti e delicati. Lei è ubbidiente, prende sul serio ogni gioco e ruolo. Ha la testa reclinata in avanti. Le sorreggo il tronco mentre faccio passare la camicia dietro la schiena per sfilare l'altro braccio. Non faccio fatica, sono abituato. So tutti i trucchi per sollevare e vestire o svestire le persone. Lei è magra e leggera. La giro piano e la faccio sdraiare delicatamente.

Tolgo le scarpe. Ha calze a righe orizzontali con colori vivaci. Gliele tolgo. Le accarezzo i piedi. Li bacio.

Non ricordo più di essere con lei, con una donna viva.

La guardo. Ha gli occhi chiusi e il volto piegato di lato. Ma un mezzo sorriso tradisce la vita dietro a quella immobilità. Un mezzo sorriso compiaciuto e le gote rosee. La vita scorre prepotentemente in questo corpo.

Riprendo pazientemente il mio lavoro. Sbottono i pantaloni. Li sfilo con un gesto deciso come per togliere una tovaglia da una tavola apparecchiata.

Mi alzo a contemplarla. Il suo corpo è bianco e solido. Le membra sono tutte carnose. Pancia piatta e ombelico occhieggiante. Seno minuto ma spudorato nella sua vitalità appuntita.

Sento gonfiarmisi il sesso.

Sentiva gonfiarglisi il sesso.

Quarantotto

Andiamo via per qualche giorno.

Durante il ponte dei morti.

Scherzavo. Ci avete creduto, vero?

Per i morti non muore mai nessuno, lo sapete? Ci sono quelli già morti a cui pensare. Muoiono di più per Natale, o per le vacanze estive. Ci si lascia andare, e si fa il bilancio, regolarmente, ogni sei mesi circa. Qualche volta il bilancio non torna, e si muore.

Andiamo via una domenica e un lunedì. E se morirà qualcuno, pace.

All'anima sua.

C'è mia madre che risponde al telefono. Me la immagino seduta sul divano intenta a guardare il cellulare appoggiato sul tavolino, per tutto il giorno. So di averle affidato un compito gravoso, ansiosa com'è. Chissà, devo davvero valutare di prendere un aiutante? Potrei parlarne con Agata, in fin dei conti la nostra sta diventando una storia seria. Bisogna fare progetti per il futuro, e calare questo sogno in una realtà concreta di quotidianità. Potremmo vivere insieme, lavorare in bottega, in società, non si diventa ricchi ma si campa dignitosamente.

Ma cosa sto dicendo? Come fa una ragazza frizzante esperta di marketing a chiudersi tra le bare. Come una sepolta viva.

Andiamo nel Piacentino. Sconfiniamo nel Parmense. Guido io, ma la macchina è la sua. Consuma meno, quindi inquina meno, mi ha detto. Obbedisco. Obbedisco sempre. L'autostrada taglia la vasta piatta campagna, la divide in due come farebbe una lama di bisturi. Chissà com'è a vederla dall'alto? Soggiorniamo in un edificio isolato, una vecchia cascina rimessa a nuovo. Dentro ci vivono anche i proprietari, quindi è un rimessa a nuovo con un occhio alla funzionalità, trasuda vita vissuta. Ci si sente bene. Abbiamo una grande camera attraversata da una trave immensa che riesco a malapena a toccare saltando con la mia scarsa elevazione.

Ci sediamo sul letto. Facciamo l'amore.

Poi istintivamente, nudi, guardiamo fuori dalla finestra. Contempliamo l'omogenea distesa di campi giallastri. Ha smesso da poco di piovere, e c'è un arcobaleno doppio. Non ne vedevo da anni.

Laggiù c'è la pentola d'oro.

Dove?

Non lo sai? Dove comincia l'arcobaleno. Ma non sai proprio niente, di cose belle.

Forse è vero. So solo di te.

Mi guardo intorno, e d'un tratto tutti quei campi mi suonano sospetti.

Ma dove saranno tutti gli animali che servono per fare i salumi?

Come?, risponde lei, assorta.

Questa è zona di salumi, ma non ho visto allevamenti di maiali. O di altre bestie. Chissà dove li tengono.

Lei arriccia il naso. Poi guarda tristemente lontano.

Pensa a quanto dolore c'è, qui.

Che dolore?

Intanto provo a ricordare eventi di guerre sanguinose nel recente passato, o nel Medioevo. Ma è inutile, non ricordo quali battaglie si siano svolte da queste parti.

E sono fuori strada.

Pensa a quanti animali vengono macellati qui ogni giorno. Pensa a quanto sangue. Pensa quanto dolore, quanta sofferenza. Non è dolore umano, ma è sempre dolore. Sangue e dolore che penetrano nella terra.

La guardo con la bocca aperta. Accidenti, quante cose a cui io non ho mai pensato. Ma quanti sono i limiti che abbiamo?

E cosa può restituire, la terra?

Già. Che può restituire?

La abbraccio. È una cosa piccola, ma provo a lasciare lì un po' d'amore. Lasciamo qui quello che siamo stati oggi.

Quarantanove

Mi parla del suo lavoro. Mi parla del suo superiore.

Quanto deve pesare ad una donna che lavora in una grande azienda sentirsi sempre addosso le occhiate dei maschi? Sguardi lunghi ed indugianti, che da soli sono abusi. Lei che passa in azienda sotto tutti quegli sguardi attenti. Giorno dopo giorno, ora dopo ora, possono guardarla. È straziante per la mia gelosia questo pensiero. Qualcuno che possa scrutarla così tanto, incondizionatamente, senza avere un'autorizzazione da lei né tanto meno da me. Meglio non immaginarmela, sul posto di lavoro, quando volteggia per i corridoi con addosso il sole, lasciando una scia di pelle fresca.

Sono geloso, se penso a lei. Non credevo di essere una persona gelosa. Allora penso di dover analizzare questo sentimento per me nuovo.

La gelosia è il valore che noi diamo a gesti che potrebbero essere destinati ad altri. È il prezzo che pagheremmo se fossimo costretti a vedere certi gesti destinati ad un'altra persona. Certi sguardi, certe reazioni.

Penso a quando lei mi guarda, e nei suoi limpidi occhi vedo la malizia ed un desiderio sconcio. Esiste solo per me, quello sguardo. L'idea che possa essere per qualcun altro mi taglia a metà, è un dolore inconcepibile.

Penso ai suoi gemiti. Penso a lei mentre fa l'amore.

Divento piccolo e spaventato al pensiero che lei, o una sua parte, anche solo nel passato, sia stata di altri. Mio, tutto mio deve essere. Perché so quanto forte è il suo piacere.

Sono geloso. Di lei lo sono.

Era geloso, Dio solo sa se di lei lo era.

La gelosia è la parte malsana del valore che dai ad una persona. Il valore sbagliato, quello che non riesci e non vuoi vedere. Più è morboso il tuo desiderio più sarai geloso.

Mi chiedo come io sia potuto entrare in un'altra donna. Godere con un'altra donna. È tanto intimo ciò che facciamo da non capire come possano esistere gli incontri occasionali. Spogliarsi in continuazione di fronte a partner diversi, un mettersi a nudo che è in realtà indossare ogni volta una maschera diversa.

Oscar Wilde diceva: "Datemi una maschera, vi dirò la verità".

Forse è molto più triste di così.

Siamo molto più miseri di quanto vorremmo credere, e questa storia delle maschere è soltanto un'invenzione per poterci ingannare l'un l'altro, far credere che oltre la maschera ci sia di più, magari di più valoroso.

Semplicemente siamo quello che siamo in grado di essere, facciamo quello che siamo in grado di fare, in ogni circostanza. E sono questi essere e fare a contraddistinguerci.

Una sola donna per volta, ecco un altro mio limite. Non solo riparto da zero, ma amo solo una donna. La elevo a donna universale, e il mio cuore prova ad ingannare la memoria, fa sbiadire i ricordi, sostituisce faccia e corpo per sovrascrivere gli originari passati. C'è lei dappertutto. Perché c'è qualcosa di profondamente ingiusto per un piccolo cuore umano arrossato nel guardare indietro e trovarci l'amore verso un'altra donna. Lo scoramento della vita perduta che non tornerà. Dello spreco, perfino di sé stessi.

Quanti anni ci sono voluti per trovarsi?

Su tutto il restante passato si buttano vangate di terra. Sto seppellendo una vita precedente. Quando avrò finito ci metterò sopra una bella croce sulla quale non verserò alcuna lacrima, se non di nostalgia per i miei entusiasmi sprecati.

Vado al Capriccio a bere il caffè. Guardo la culona, quella il cui monumentale deretano aveva più volte attirato i miei sguardi. Solo che ormai la guardo come si guarda una natura morta.

Guardava natiche come fossero natura morta.

È morto qualcuno?

Le natiche.

Erano sorelle? E son morte insieme? Allora dovevano essere gemelle. Sono sempre unite in tutto, anche nella morte.

Erano gemelle speculari.

Ah, quelle attaccate?

Bravo, quelle.

Cinquanta

Già, quanti anni ci sono voluti per trovarsi?

Io ho sempre avuto gli stessi gusti. La pelle bianca, i capelli mossi con riflessi rossicci, gli occhi chiari. Lo sguardo birichino. Il sorriso fanciullesco. Le labbra rosa, proprio di quella forma. Ci conoscevamo già prima e ci ho solo messo troppo a trovarti? Accidenti a me e alla mia solita lentezza, nel capire così come nel fare. E accidenti a questi miei piedi troppo pesanti, che mi sembra mi rallentino e mi rendano sempre troppo goffo.

I miei sogni erano popolati da tempo da questa tua faccia.

Persino quella lingua che mi mostri così spesso, così carnosa da chiedersi come ti possa stare in bocca, mi pare di riconoscere.

E quel corpo così vigoroso e selvaggio, quasi animalesco.

Una sera, per gioco, mi chiede di essere messa in una bara.

Poi chiudi, mi raccomando.

Chiudere? Stai scherzando, vero?

Sì e no, stupidone. Appoggiami sopra il coperchio, ma non sigillarlo. Ovviamente. E mi raccomando. Ok?

Sei pazza.

Non lo sapevi?

Forse no.

Si sdraia tra l'imbottitura di raso color perla. Sarebbe stato meglio il velluto porpora, sarebbe stato più sexy, avrebbe fatto molto vampiro. Ma ci accontentiamo.

Chiude gli occhi ed incrocia le braccia sul petto, come il conte Dracula. Sorride. Apre un solo occhio e con un cenno del capo mi invita a coprirla.

Rido. Intanto prendo il coperchio. Mi avvicino, la guardo come fosse davvero l'ultima volta. La interrogo con lo sguardo. Lei annuisce e prende un grande respiro, come se dovesse stare in apnea a lungo. Che donna sciocca e adorabile.

La tappo con il coperchio. Poi mi ci siedo sopra.

Come va lì dentro? Un colpo per il bene, due per il male.

Sento un colpo distinto. Poi un altro. Mi chiedo se sono due colpi singoli o una coppia di colpi. Sarei stato un pessimo agente segreto, e un peggiore marconista. O telegrafista. Ogni segnale mi sarei chiesto se fosse un punto o una linea. Mi agito, mi alzo e sollevo il coperchio, metti che le sia venuto un attacco di panico.

Invece è lì, sorridente e con gli occhi che faticano a stare aperti, che mi mostra il seno scoperto. È sera, il negozio è chiuso, siamo nel retro. Mi fa segno di sdraiarmi nella bara.

Accidenti, a questo non ci avevo mai pensato, e sì che di bare ne ho viste.

Mi sdraio al suo posto. Lei armeggia con i miei pantaloni, mi denuda. Mi prepara per l'amore, poi mi si piazza sopra, tenendosi con i piedi in equilibrio sul bordo del cofano.

Fai resuscitare i morti, tu.

Lo puoi ben dire. Anche se tu sei vivo e vegeto.

Cinquantuno

Oggi mi sento così vivo, dico a voce alta, rivolto a Giorgio, cinquantacinque anni. Non l'ho scelto, non parlerei con uno così, normalmente. È il classico uomo di mezza età che è arrivato dove voleva senza fermarsi davanti a nulla. Senza guardarsi intorno e pensare che il mondo non sia tutto suo. Ma ho voglia di parlare di lei. Di declamare ad alta voce le sue qualità e gli effetti su di me benefici della sua esistenza.

Cosa fai, mi prendi per il culo?

Scusa...è che ho conosciuto questa donna che resusciterebbe un cadavere.

Ma allora lo fai apposta!

Un po' sì, forse. Perché questo qui deve essere stato un bel pezzo di stronzo. È bello sapere che prima o poi tutti trapassano, anche le persone peggiori. Un po' del male di cui popoliamo il mondo muore insieme a loro.

No, davvero. È talmente sensuale e mi desidera così tanto. E facciamo discorsi profondi, e lei mi capisce. Mi sento un altro uomo. Più forte, più virile, più fantasioso, più interessante. È un riscatto, questo amore.

Lui non dice nulla.

Ho addirittura pensato che me l'avesse mandata qualcuno come un regalo. Qualcuno che mi vuole bene e tiene a me. Mia madre, magari, stanca di vedermi solo e malinconico. Ho pensato che fosse una professionista della felicità maschile. Un angelo di desiderio e profondità.

Eh sì, a volte scopare è proprio bello. Cosa credi, so bene di cosa parli.

Sì? Io fino a poco fa non pensavo potessero esistere certe cose tra un uomo ed una donna.

Si vede che non ti era ancora capitato un bel pezzo di troia tra le mani.

Questa risposta cruda mi irrigidisce.

È una visione limitata, mi pare.

Non mi dirai che alla tua età credi ancora all'amore? E magari anche a Babbo Natale?

Accompagna questa domanda derisoria con una risata sprezzante.

Alla mia età credo ancora nei miracoli, io...

Guarda che qualche bel colpetto l'ho dato anch'io, che credi!

Già, qualche colpetto.

Non continuo il dialogo.

Questo qui non arriverà mai a capire. È avvilente avere a che fare con persone che sai che non capiranno mai quanto dici, per quanto ci si possa sforzare di infilargli in testa un'emozione.

L'odio nei confronti dell'umanità, almeno ad una parte di quella viva, deve essere un'altra scomoda eredità lasciatami da mio padre, che deve avermela trasferita consapevolmente con un sorriso cinico.

La mia piccola vendetta è che prima o poi li vedo tutti entrare mestamente da me, con gli occhi arrossati dal pianto o, peggio, già sdraiati, con i piedi davanti.

È morto qualcuno?

Uno stronzo.

Allora va buttato nel vater closet, non bisogna seppellirlo. Non siamo mica come i gatti che la ricoprono con la terra.

Hai ragione Tarcisio, dovremmo proprio fare così con certa gente.

Cinquantadue

Sono dentro di lei. Non ho mai passato così tanto tempo nel corpo di una donna.

Se si escludono i nove mesi di gestazione.

Non ho il preservativo. Nella foga dell'unirci non ho avuto il tempo e la voglia di metterlo.

Mi sento in dovere di commentare in qualche modo. E di chiedere consiglio.

Come se condividendo il problema questo svanisse.

Sto per venire.

Le persone si dividono in due categorie: quelli che procreano e quelli che se la spassano. Se sei nella seconda categoria, puoi indirizzare il tuo seme ovunque tu voglia.

Il mio seme acquista valore, con lei, diventa parte integrante dell'erotismo.

Mi dispiace di essere venuto. Tu non sei venuta...

Sono tutto sommato ancora vincolato alla parità aritmetica. Un orgasmo io, uno lei.

Le persone si dividono in due categorie: quelli che vengono solo se fanno venire e quelli che se ne sbattono. I primi pensano di essere altruisti, e invece sono tanto concentrati su sé stessi che sono in competizione anche quando scopano.

No, io... scusami.

Rimango spiazzato. Non mi sono ancora abituato a quel suo linguaggio diretto e a volte volgare.

Dai, scemo, ti sto prendendo in giro. Non è mai uguale. Non c'è il giusto e lo sbagliato. A volte la perfezione è venire insieme e non accorgersi se sia giorno o notte. Altre volte sono felice di non venire, perché posso guardarti negli occhi mentre vieni, e sono tutta concentrata sui tuoi spasmi, sul tuo sguardo sperduto, sulla tua bocca annaspante.

Hai ragione. Hai sempre ragione...

Lo so. Mi fissa con un mezzo sorriso.

Io sono ancora dentro di lei, stoicamente rigido. Lei lo sa.

Adesso guardami godere.

Prende a muoversi, si strofina pensando solo a sé stessa e al suo piacere. Mi elettrizza questo suo egoismo. Glielo invidio.

Si muove lentamente sopra di me, aperta come solo una femmina può essere.

La guardo rapito. Lei sa tutto.

Com'è estrema la sua bellezza. Le labbra gonfie, le gote rosse e gli occhi lucidi, distanti da questa Terra sovraffollata.

Com'è superiore alla materia delle cose!

Una dea.

La vedo mentre diventa più frenetica ed irregolare nei movimenti. Non ha bisogno di dirmi che sta per venire. Lo vedo. Vedo l'orgasmo che le arriva sulla faccia. Spalanca gli occhi e la bocca. Ha uno sguardo insieme stupito e spaventato, come se qualcuno le avesse piantato un coltello nella schiena. Gli occhi celesti mi guardano e mi fondono i pensieri in una massa fluida.

Non ho più niente, mi dice singhiozzando tra i fremiti.

Io cerco di consolarla, anche se non capisco.

Attendo che si spengano le ultime braci, e quando sento il suo respiro rilassato provo a farle dei complimenti.

Non esistono donne così.

Così come, troie?

No, dai, non intendevo questo.

L'ho detto io, non preoccuparti. Non mi offendo, me lo dico da sola. Mi conosco molto bene.

Io penso che tu sia semplicemente femmina. Molto femmina.

Forse è questo il problema, non ci sono più le femmine. Hanno tanta paura del giudizio dei maschi che passano la vita a reprimersi.

È vero. Non pensavo che esistessero donne che chiedessero di essere toccate in un certo modo o di essere leccate.

Povere donne, come si sono ridotte. Ecco perché i matrimoni vanno male, le donne non hanno il coraggio di chiedere, e il sesso per loro diventa noioso.

Cinquantatré

Mi ama. Ho pensato che mi ama. La certezza di una simile convinzione mi ha atterrito. L'enormità del concetto. Essere certi che una donna ci ami. Sono cose che capitano davvero?

Adoro quando mi tocchi così. Lo sai vero?

E io penso di sì. Lo so davvero. Annuisco compiaciuto con un sorriso voglioso che rischia di diventare violento.

L'amore è violenza.

Spietatezza.

Oggi sono più forte io. Ma non è sempre così, e saperlo mi rincuora. Mi permette di essere più violento. Cattivo, se voglio.

Chi ti conosce come ti conosco io?

Neppure io stessa.

La mordo e la strizzo. Prendo i capezzoli tra le dita e stringo, ho delle tenaglie al posto delle mani. Lei urla di dolore. C'è la paura, in fondo alla sua gola.

Io sono troppo preso dalla foga per farmi venire qualche rimorso. La palpeggio un po' a casaccio, strizzando ogni manciata che mi rimane tra le dita. A volte non so neppure cosa sto toccando, sono solo porzioni di carne. I tagli migliori di un macellaio. Le getto addosso improperi, che scivolano viscidi sulla sua schiena distesa davanti ai miei occhi torbidi di desiderio.

Ma alla fine sono un vile, e devo confessare di essere stato cattivo. Ne sento il bisogno. Vado da Don Francesco, non prevedendo ciò che avrei detto.

Don Francesco, ho peccato.

Immagino, altrimenti non saresti qui.

Ho fatto male ad una donna mentre facevamo l'amore, e l'ho insultata.

Sento un sospiro lungo attraverso la grata. Intuisco i suoi occhi spalancati. Un colpo di tosse lieve, si schiarisce la voce. Cerca i temi abituali, si protegge con i dettami di Santa Madre Chiesa.

Immagino che non steste procreando.

Mi viene da ridere. Un piccolo demone con la faccia di lei mi entra nei pensieri. Ho voglia di deriderlo.

No, no. Noi si scopava proprio.

Sento un grugnito da dietro la grata.

Questa ti costerà un po', mi avverte minaccioso. Mi infligge un centinaio di padrenostri come fossero scudisciate. Ma alla fine mi assolve. Ti assolve sempre, la Chiesa. Così se la mia morte dovesse portarmi con sé sarei pronto.

È buffo, io che ho a che fare con i trapassati, e non dal punto di vista linguistico, non avverto la presenza della vita eterna. Del paradiso e dell'inferno. Solo la morte, con cui mi sento di avere questa confidenza. Una confidenza che non ho mai avuto con Dio. Di Dio non ho mai visto traccia, mai sentito il respiro. La morte è presente, palpabile, quasi fisica. E ne sento il soffio gelido.

E i miei morti non mi hanno mai parlato del dopo. Non mi hanno mai rivelato di strade in salita, luci in fondo a tunnel, musiche celestiali e portoni dorati sulle nubi. Né di fiamme infernali di castigo eterno.

È vero anche che io non ho mai chiesto nulla, per ora.

Del resto, non mi occupo di anime. Solo di corpi.

Si occupava di corpi, non di anime.

Cinquantaquattro

Oggi funerale.

Guardo Don Fran-ce-sco da lontano. Cenno del capo, quasi un leggero inchino invisibile.

Lui mi guarda e fa un gesto che ha la forma del solito cenno, ma sembra eseguito al rallentatore. Ha un'espressione grave. È una forma di saluto in cui vuole imprimere il perdono di nostra Madre Chiesa. Solo perché è convinto che io mi sia sciroppato la sua sproporzionata penitenza.

Deve essere convinto che io sia un cattolico convinto, un credente. Deve essere una prerogativa per il lavoro che faccio, per qualche sua idea recondita.

È possibile prendersi cura di cadaveri, portarli in chiesa e poi al cimitero senza credere a nulla? Si può, lo posso assicurare.

Non serve essere convinti di una vita dopo la morte per giustificare la morte. Non serve alla morte dover essere giustificata. Al confronto di Dio, la morte si giustifica da sola.

Dà ogni giorno prove schiaccianti della sua opprimente presenza.

A volte ce ne si vergogna un po', come di un parente rozzo e ignorante.

Ma so che non tradisce.

Non ce l'ho, la consolazione della religione. Nessuna vita migliore di questa per me un domani, ne sono consapevole. Solo questa, che è già fin troppa.

Una volta mi hanno detto che sembrava quasi che stessi tenendo d'acconto la mia vita per chissà quale occasione, come se dovessi spenderla in chissà quale evento speciale. Ma vi assicuro che non è così. Per anni ho chiesto poco e vissuto poco. Quello che basta, il minimo sindacale. Pensate che alla fine si potranno fare somme algebriche di vita vissuta ed io avrò un punteggio inferiore? E cosa c'è in palio come premio, per chi ha ottenuto punteggi alti?

Non gli importava di avere punteggi bassi.

È morto qualcuno?
Morto magari no, ma qualcuno ha sicuramente perso.
L'importante non è vincere, è partecipare.
Bravo Tarcisio, tu sì che la sai lunga.

Cinquantacinque

Oggi mi ha fatto male lei. Ma ho avuto la sensazione che fosse un trattamento terapeutico. Era per guarirmi, come quando bisogna spostare un osso per farne combaciare le due parti fratturate. Mi ha coperto di graffi e di morsi. Mi ha lasciato segni rossastri sulla schiena, sulle spalle e sul petto. Alcuni graffi si sono un po' gonfiati. Io ho provato a difendermi, ma era una lotta impari. Era lei che attaccava. Era lei che conduceva la danza erotica del dolore.

È stato un amplesso violento. Ora so che è possibile la violenza da parte di una donna su di un uomo.

All'inizio ho pensato che fosse arrabbiata con me. Che dovesse farmi pagare qualcosa.

Siamo un po' banali, non riusciamo a vedere al di là di noi stessi e delle azioni che facciamo. Dobbiamo per forza essere il centro anche delle vite altrui.

Invece lei è un essere superiore. Vola alto sopra la quotidianità ed i gesti consueti.

Fatale. Piena di fascino sordido e lascivo. Intrigante. Crepuscolare ma sorridente e irriverente. Definitiva. Non ci può essere altra donna, dopo di lei.

Come la morte.

Penso a lei non come a un angelo cadutomi tra le braccia, sarebbe un'immagine troppo banale e smielata. Ho altri canoni, io, per queste cose.

Lei è semplicemente la mia morte personale, sotto forma di donna bellissima e passionale. Mi immagino che stia portando a termine un rituale per condurmi alla morte, forse. Una lista di peccati e di piaceri, un po' per ultimo desiderio del condannato, un po' per essere sicuri di portarmi all'inferno, tutto per colpa di un mese dannato al termine di una vita proba.

Mi guarda e mi provoca. Mi accarezza e mi implora. Mi zittisce e mi usa. Mi insulta mentre mi tocca con desiderio. Ed io sono confuso. La mia parte razionale, almeno, perché il mio corpo capisce tutti questi giochi, e non si tira indietro. La attende sempre con la stessa ansia rinnovata.

La seguirò nell'infernale profondità del piacere carnale.

Seguirò i discorsi pieni di umanità e speranza.

Con timore e desiderio.

So che la morte non cammina sulla Terra mescolandosi così con le persone. E se deve prendersi qualcuno, lo fa, senza tante cerimonie.

Ma mi piace pensare a lei come a qualcosa di diverso da un essere umano. Qualcosa di più. Di familiare sì, ma anche misterioso, di cercato e ripudiato, eterno e fugace. È in sintonia con tutto il resto della mia vita, in fondo. Una donna bella, giovane e temibile. Una donna definitiva.

Singhiozzando mi ha detto: "Non essere mai con nessun'altra quello che sei con me. Chiedimi qualsiasi cosa, fammi qualsiasi cosa ma non cercare mai più nessun'altra donna".

Io come uomo non potrò chiedere nulla di più ad una donna.

Questo significa essere definitiva.

Che dopo di lei qualsiasi cosa non avrebbe senso.

Se dovesse finire, a chi potrei rivolgermi per avere ancora vita? Vita nuova, con questa stessa forza, ironia, poesia, colore? Che potrei fare io, senza di lei?

Quasi è una speranza, che lei sia la mia morte. Magari in tutte le storie d'amore "finché morte non vi separi" funziona così, la sposa è semplicemente la morte personale dello sposo.

Ma se sei davvero la mia morte, viviamo insieme per lunghi anni. Te ne prego. Non farla finire subito, non mi lasciare per andare di corsa dalla tua prossima vittima, dal tuo prossimo sposo. Io sono geloso. E sono qui per te.

Cinquantasei

Un vecchio ultracentenario. Sembra fatto di carta velina. Fragile e leggero. Lo maneggio con cura. Lo tratto con tutti i rispetti possibili. Sembra la salma di una mummia conservata dal tempo degli egizi.

Ha il cranio coperto di macchie marroni e una peluria bianca rada. Le mani sono intrecci di vene, rughe e macchie. Sembrano di legno: un tronco prossimo alla pietrificazione.

Deve essere cremato. Così ha deciso la famiglia passandomi una cospicua somma di denaro che assomiglia ad una tangente. Così ridotto a carta e legno com'è brucerà facilmente.

Mi piacciono i vecchi. Anche quelli vivi. Per un motivo molto semplice: sanno che esiste di peggio. Per averlo sperimentato sulla pelle in prima persona. Non per sentito dire, o per averlo letto sui libri, o una notizia lontana riportata e sbiadita. Se uno ha visto la fame e la guerra, cosa volete che siano per lui l'immigrazione e i turni di notte?

I giovani invece pensano che possa esistere solo un meglio, per se stessi, e non hanno un minimo di obiettività.

E poi i vecchi credono ancora nel significato delle parole. Non sono ancora stati raggiunti dalle iperboli e dalle svalutazioni degli abusi. Le parole hanno ancora un senso, per loro.

Antonio, si chiama. Togn', per gli amici.

Signor Antonio, complimenti per il traguardo raggiunto.

La morte?

No, no. Questa invidiabile età.

Mi sembra assurdo ricevere complimenti per la vecchiaia. Non la vuole nessuno, non piace a nessuno. E neppure la rispettano più.

Gli sorrido con comprensione.

Qual è il suo segreto? Come è arrivato a superare i cento anni?

Mah... avevo i miei acciacchi. Già a settantacinque anni pensavo che mi restasse poco. E invece stavo qui. Continuavo a vivere e farmi le mie cose. Non lo so come sia successo, ma le mie giornate erano tanto piene di abitudini e piccole faccende che mi devo essere dimenticato di morire.

La sua voce tremula ma grave echeggia nel mio studio. Mi è venuto di pensarlo così, come se parlasse dal pulpito di una chiesa, o con un microfono riverberato.

Sto in silenzio un po' per assimilare quel suo punto di vista.

Ma allora come ha fatto a morire?

Ieri, è stato ieri. Stavo intagliando un cucchiaio di legno con una vecchia scheggia di vetro. Mi sono fermato a guardare fuori dalla finestra, sentendo le campane suonare a morto. Ed ho pensato: ma io non muoio? Poi mi sono visto cadere a terra. Stecchito.

In fondo per morire non serve che la volontà di farlo.

Io della morte riesco a ricordarmi sempre.

È che a volte dimentico di vivere.

Distratto dalla morte, si era dimenticato di vivere.

Che bello, essere vecchi. Non dover più dimostrare nulla a nessuno. Bene o male la tua vita l'hai vissuta, e puoi infischiartene dei giudizi e dei rimpianti. Le cose passate sono andate, ho fatto quel che ho potuto. Non ci credi? Crepa. Ti faccio una bella bara di frassino, se passi da me.

Spogliato da ogni peso e responsabilità. Non ci si aspetta più nulla.

Potrei vivere per sempre anch'io, in una simile condizione. Come non capirlo, il signor Togn'?

È morto qualcuno?

Il signor Antonio, Togn' per gli amici.

Ah, lo conosco. Era ben vecchio, ma faceva ancora tutto da solo.

Ci credo. Era orgoglioso e fiero.

Dice? A me sembrava una così brava persona.

Cinquantasette

Iniziamo ad intravedere i primi compromessi che ci attenderanno. È che la vita, purtroppo, è qualcosa più che fare l'amore. Almeno come impiego del tempo. Ci sono altre cose da fare, bisogna conoscere amici reciproci, andare al cinema, fare la spesa, lavorare. Amarsi negli avanzi di tempo.

Il problema è l'ideale o la sua inadeguatezza? Che bisogna fare, con gli ideali, crederci o allontanarli da sé? Ripudiarli?

Usciamo a cena. Siamo una coppia come tanti altri. Come tutti quelli che vedo intorno a noi, quelli che non capisco, di cui non mi fiderei se dovessimo parlarci, che scanso per strada. Eppure condividiamo lo stesso luogo, per farci la stessa cosa. Il mio amore è meglio di quello degli altri?

Si sta bene qui.

Già, come ci stanno bene tutti gli altri. Quelli di cui non mi fiderei, e che scanso per strada.

Il nostro amore non ha nulla di unico. L'unica differenza, forse banale ma forse nemmeno troppo, è che siamo io e lei.

Vorrei presentarti i miei, domenica.

Perché?

Esiste una domanda più stupida e al tempo stesso più corretta?

Che domande... perché ci tengo a te.

Ah. Grazie.

Di che?

Come di che, di tenere a me.

Che sciocchezza.

Tu ringrazi sempre per tutto ed io non posso ringraziarti per una cosa importante?

Ma sì, ma mi sembravi sarcastico. Tutto qui.

Quando una risposta docile viene interpretata per sarcastica c'è un problema di interpretazione.

Io inizio ad avere paura. La perfezione a cui mi ero abituato inizia ad incrinarsi.

Cinquantotto

Incontro i suoi genitori. Mi sento un ladro di fronte a suo padre. Come mi comporterò io con lei, in futuro? Sarò capace dello stesso incondizionato, infinito amore?

Ma i suoi genitori non sono niente, rispetto agli amici. In fin dei conti, hanno addosso un'aria di sconfitta da tempo, non fanno grossa paura. Ne hanno viste tante, e non sono certo lì a confrontarti con il Principe azzurro. Siamo adulti, ormai, che diamine.

Ma, appunto, questo non è niente. Sono gli amici, il problema.

Quando incontro i suoi amici nuoto. Nuoto sott'acqua, in apnea. Il problema è che io sono un pessimo nuotatore, come sono un pessimo atleta in ogni disciplina sportiva. Fatta eccezione per la dama e gli scacchi, ma credo non contino.

Li guardo, li sento parlare ma i suoni mi arrivano distorti, ovattati, per muovermi sento l'inerzia del liquido in cui mi sento immerso. E fatico a respirare.

Sono tutti più o meno normali, ai miei occhi. E non certo in un'accezione negativa. Non maneggiano cadaveri, non parlano con i morti, non vestono di terra. Non hanno la Solitudine e la morte come compagne di vita. Ridono, scherzano, hanno vite piene di cose a mio avviso poco interessanti ma di cui a quanto pare non si può prescindere. Bevono aperitivi, invece di cenare. Guardano film sul PC. Non acquistano più dischi, né tantomeno DVD. Scaricano, scaricano tutto. Io ho ancora vinili e musicassette, e non scarico, non scarico niente, voglio tenermi addosso tutto il mio carico di roba, il mio fardello. Di che parliamo? Letteratura? Politica? Formula 1?

Inadeguatezza. Mai sentita?

Me li immagino, i loro commenti.

Hai visto che cadavere? Come Lurch: chia-ma-to!

Poi i commenti che avrebbero fatto a lei.

Simpatico il tuo amico, un po' taciturno. Un po' ombroso. Un po' misterioso.

Se mi va bene. Chissà se lei coglierà il sarcasmo o la verità dietro a queste parole così chiaramente allusorie?

Il confronto mi inchioda ai miei limiti.

I riflettori sono il problema della mia vita. Sento sempre dei riflettori addosso. Credo che siano gli occhi di mio padre. Il suo giudizio, eternamente negativo.

Cinquantanove

Vuole incontrare i miei genitori.

Tutto questo rientra nelle penitenze e nelle espiazioni di chissà quali colpe.

Penso a come sarebbe presentarle mia madre e chiedere a lei di intercedere con mio padre, di farli incontrare senza bisogno della mia presenza. Quello che per anni è rimasto normale in maniera latente si presenta chiaramente ridicolo non appena ci si introduce una componente esterna. Gli equilibri più malati si formano lontano dagli occhi della gente, in grande omertà. Queste condizioni permettono lo svilupparsi e il perpetrarsi delle peggiori azioni umane. Anche questa assenza di contatto con mio padre risulta inspiegabile a lei. Tant'è che decido di non spiegarle nulla.

Io e mio padre non ci vediamo da diversi anni. E, scusami, non ho intenzione di farlo ora.

Ma perché?

Vecchie storie nostre.

Come se poi ci fossero dietro chissà quali pugnalate alle spalle o raggiri. Ma la frase gonfia di aria la bolla di inutilità che è la nostra piccola realtà.

Posso presentarti mia madre, lei sarà lieta di fare la tua conoscenza.

Ma le cose non possono andare lisce, e lo so. Quando vado a cena da mia madre normalmente mio padre ha già mangiato, e lei per non fare un torto a lui gli ha fatto compagnia.

Possiamo io ed Agata andare a pranzo e farci servire da mia madre come se fosse la domestica di casa?

Voglio incontrare tuo padre. E poi è assurda questa vostra situazione.

Molte donne hanno la vocazione latente. Devono fare qualcosa di buono, salvare qualcosa, che sia una persona o una situazione compromessa. Agata ha un animo molto sensibile, e non è da meno.

Mio padre, ovviamente, si oppone. Anche solo per fare un dispetto a me. Perché sa che se sono disposto a provarci è perché ci tengo, a questa donna. Mi tiene in pugno, e credo voglia godersi questo momento a lungo, stiracchiandolo a suo piacimento. Non ho mai detto che sia una delle persone migliori del mondo, mi pare.

Lo spirito di crocerossina di Agata è molto intraprendente. Telefona a mia madre e si fa passare mio padre. Tutto sistemato, mi dice. Il contenuto della conversazione è un mistero e lei ha l'aria di volerlo alimentare. Io rimango sbigottito. Pranzeremo dai miei, domenica prossima, con me e mio padre seduti alla stessa tavola dopo tanti anni.

È morto qualcuno?

Stiamo dando gli ultimi colpi al rancore.

Se le serve ho una roncola un po' ruggine ma ben pesante.

Grazie, Tarcisio, ma di ruggine ce n'è già abbastanza.

Sessanta

Mamma, questa è Agata. Agata, mia madre. E quello deve essere mio padre.

Me ne rendo conto anch'io, mentre lo dico, che la frase è assurda. Sembra una cosa tipo: E tu devi essere il piccolo Mattia, santo cielo quanto sei cresciuto!, e forse c'è lo stesso stupore, ma di sicuro non lo stesso entusiasmo. Lo dico non per sembrare simpatico, o antipatico. Non lo dico apposta, mi viene. Lo dico perché quell'uomo assomiglia sì a mio padre ma a prima vista non avrei mai detto che fosse lui. È molto più vecchio. Le rughe gli solcano il viso, profonde, gli occhi sono cerchiati di pelle grinzosa più scura, e sono un po' velati e giallastri, i capelli più ingrigiti. Perché è qui con mia madre, altrimenti potrei giurare che si tratta di un impostore. Del resto, da quanto non lo vedo? Non è il ritratto della salute, ma non glielo dico, mi sembra scortese, dopo tutto questo tempo. E i rischi di rovinare tutto sono già abbastanza elevati. Loro si stringono calorosamente le mani, mio padre sorride ad Agata e di colpo sembra più giovane. Un bambino con le rughe, come quello di quella vecchia pubblicità "Ciribiribì Kodak". Come ho potuto odiare quest'uomo? O forse è lui che odia me ed io mi sono solo adeguato, come ho fatto per tutta la mia vita?

Mio padre è affabile come non mai. Tra lui ed Agata c'è subito un ottimo feeling. Ma forse con lei è facile. Con lei è tutto facile.

Agata ha l'anima aperta.

Mia madre ci ingozza, mio padre mesce generosamente il vino, prima nel suo bicchiere, poi prova con Agata, che accetta solo una volta. A me non propone nulla, e se voglio il vino me lo devo versare da solo. C'è di peggio, ovviamente. Va tutto liscio, insomma.

Mi piace tuo padre, mi fa molta tenerezza. Capisco come tua madre si possa essere innamorata, sembra proprio bisognoso di qualcuno che si prenda cura di lui.

Tenerezza? Ha visto solo il lato illuminato della luna. Meglio così.

Mio padre fa tenerezza. Mamma, ma tu ti eri accorta che papà era in cerca di aiuto? L'hai sposato per questo, te ne sei innamorata per questo?

Che i miei giudizi siano tutti sbagliati?

L'ho visto davvero con lo sguardo spento rispondermi male sempre con le stesse frasi, come in una trance posseduto da uno spirito maligno? Il demone dell'alcool?

Io non sono un grande consumatore di alcool, né di sostanze stupefacenti. Vedo solo gli effetti che fa alla gente. E mi pare che non si possa dire che abbia una volontà sua. Amplifica cose più o meno vere. Svevo sosteneva che il detto "in vino veritas" non fosse corretto del tutto. Non si dice la verità sotto l'effetto dell'alcool, almeno non quella del momento che si sta vivendo, ma una verità pescata in un passato anche lontano. Qualcosa che si credeva vero un tempo, e magari in cui non si crede più. Ecco, forse per mio padre è corretto, perché lui diceva sempre le stesse vecchie cose.

Ma perché parliamo ancora di questa storia? L'abbiamo discussa per due ore la settimana scorsa. Mi sembrava che fossimo d'accordo.

E invece non esisteva accordo. Sotto l'effetto dell'alcool lui riavvolgeva il nastro e ripartiva, stessi argomenti, stessa opinione, intatta ed inattaccabile. E diventava razzista, di una sua forma molto ampia che nel suo odio accomunava meridionali, neri, nordafricani, cinesi, slavi, albanesi, e persino svizzeri e tedeschi. Probabilmente a scavare c'era dentro anche il vicino di casa, i colleghi di lavoro, tutti i connazionali. È incredibile quanto odio possa contenere un uomo minuto come lui.

Chissà quale reazione chimica c'è dietro, se l'alcool unito al suo sangue produce veleno e fiele.

Sessantuno

Almeno io ci ho guadagnato qualche certezza. Una serie di testimoni potrebbero confermarmi di avermi visto con lei. Addirittura i miei genitori.

Ho la certezza che non è solo una mia proiezione. Che non l'ho inventata io, come ho dubitato per tutti questi mesi.

Quante volte ho pensato: E se lei non fosse vera?

(Non lo saresti neanche tu)

Se fosse solo una mia idea? Una proiezione della Solitudine? Se fossi pazzo, insomma?

Ma ha incontrato i miei genitori. Ha persino incontrato mio padre. Si sono parlati, ed io li ho visti. Posso chiedere a mia madre, in ogni momento, se è successo veramente. Causandole probabilmente un preoccupato stupore.

Posso tirare un lungo, penoso sospiro di sollievo.

O no?

Com'è facile avere dubbi. Lei esiste davvero, ma sono esistiti davvero anche i nostri gesti? I nostri dialoghi? O sono dialoghi di fantasia come quelli che ho con i miei defunti? Mi faccio le domande e mi do le risposte. Faccio un amore solitario figurandomi lei nuda, e ancora parole e gesti.

Agata?

Sì?

Tu sei vera?

Secondo te?

Oh, secondo me molto. Sei più vera di me. Però... è davvero successo tutto quello che io ricordo, tra noi?

Questo non lo so. A meno che tu non mi dica cosa ricordi. Anche solo un po', perché altrimenti mi sa che ci passiamo la nottata.

Siamo nudi nel letto. Abbiamo fatto un amore molto tradizionale, di quello che si doveva fare una volta, tra uomini e donne di altre epoche, quando si parlava poco e l'uomo doveva fare sentire il suo peso, doveva spingere e premere. Mi era piaciuto molto, era un amore come quello di tutti i nostri antenati, tanto che si poteva percepire la loro presenza, dietro alle mie spinte.

Potrei cominciare da questo, che sembra semplice.

Abbiamo fatto l'amore, poco fa?

Fammici pensare...

Dai, Agata, dico sul serio

Scusa. Va bene. Allora, direi di sì, poco fa abbiamo fatto l'amore.

Bene. Facciamo spesso l'amore?

Dipende. Secondo i miei canoni lo facciamo il giusto, secondo i tuoi probabilmente troppo. Mi sorride e mi strizza l'occhio.

Le mostro un dito in risposta. Il medio. Ma sorrido. Copio i suoi gesti, li trovo adorabili e giovani, lei riesce a cancellare la volgarità da tutto. Probabilmente su di me sono grotteschi ed antipatici. Ma fanno parte della nostra intimità.

Facciamo sconcezze?

Vale lo stesso discorso di prima.

Abbiamo fatto cose strane?

Vedi sopra.

E ride. Mi guarda e mi mostra i denti bianchi. Si sta divertendo molto. Io non ci sto cavando nulla.

Le persone si dividono in due categorie: quelli che credono in quello che fanno e quelli che fanno quello in cui credono.

Questa è lunga per la mia lapide.

Sessantadue

Proviamo a fare progetti, anche noi che siamo una coppia difficilmente catalogabile. Prima o poi non si può non iniziare.

Mettiamo insieme i sogni: sogni grandi che uniti diventano immensi. Sempre più giganteschi e dorati. E ci sembrano persino realizzabili. Sono lì. Basta allungare la mano e prenderli. Basta un po' di coraggio. Anche in questo sporco e viziato paese, anche in questo momento congiunturalmente difficile, anche in questa zona affollata di gente sazia e di mentalità ristretta. In questa provincia scontenta senza avere il coraggio di ammetterlo. Perfino qui si può fare di tutto.

Ma noi sogniamo ancora più in grande, per questi nostri sogni non bastano più questa provincia, questa regione, questo stato. Sogniamo di viaggiare per il mondo, di insediarci in luoghi remoti ed affascinanti ed avviare attività che ci permettano di vivere serenamente ma umilmente.

Forse capiamo che abbiamo vissuto un momento di grazia che non può durare. E spostarsi, cambiare le condizioni, ci permetterebbe se non di ripartire di prolungare l'innamoramento. Di diluire le incertezze che permettono agli innamorati di non perdersi. Siamo grandi abbastanza per sapere che seguirà necessariamente un'altra fase, quella dove due persone adulte iniziano a contarsi i difetti l'uno addosso all'altro, scoprendoli per potercisi, se tutto va bene, abituare.

Io amo i suoi difetti. La mia mente lucida, tagliente e tutto sommato annoiata mi ha permesso di vederli da subito. É che non me importa nulla, sono solo il fondale di una scena magnifica che si regge da sola. Non me ne importa, davvero, non sono ipocrita. Solo non voglio amarla di meno. Questo no. Amare meno di così è ancora amare?

Ma sì, risparmiatemi la solita storia. È amare in modo differente. Il rapporto si trasforma. Cresce una componente di affetto, di stima. Insomma, sapete bene a cosa mi stia riferendo. E sapete bene che è amare meno. Ed essere amati meno.

Sessantatré

Agata ha l'influenza. Mi ha detto che vuole starsene a casa a curarsi, ad imbottirsi di caldo e di gocce omeopatiche, mentre guarda vecchi film. Non mi ha invitato. Quindi io non sono andato a trovarla. L'ho lasciata là, da sola, a cercare di guarire. Conscio che la solitudine, almeno per la maggior parte delle persone, non deve essere una grande arma per la guarigione. Ma lei non mi ha invitato. Dalla descrizione del quadretto sembrava desiderasse ardentemente stare lì da sola a raccogliere energie.

Il giorno dopo la chiamo. Lei ha un tono di voce nuovo, per me.

Perché non sei venuto a trovarmi? Ero malata.

Un tono di voce che prima o poi tutti sentono, in una coppia, la prima nota stonata in una sinfonia fino ad ora perfetta.

Scusami, pensavo che non mi volessi tra i piedi.

Ma secondo te una persona malata non ha bisogno di qualcuno vicino? Se non ti prendi cura tu di me, chi deve farlo? Ho la febbre. Sarebbe stato bello avere qualcuno che mi mettesse le pezze umide sulla fronte, che mi preparasse un brodino caldo o una tisana, e che guardasse con me vecchi film. E che ogni tanto mi carezzasse la testa.

Accidenti. Questo quadretto è di gran lunga migliore di quello di lei da sola. Perché non ci sono arrivato?

Scusami, non sono pratico, di rapporti. Non so come funzionano le cose. Con te di solito è tutto facile, sono abituato che se ti serve qualcosa me la chiedi. Tu non mi hai chiesto niente ed io non ci sono arrivato.

Bene, ti aggiungo una regola nuova nel gioco. Tu ti devi prendere cura di me, e dovrai essere abbastanza grande da valutare da solo quando sarà il caso di farlo, senza che io te lo chieda. Poi potrò chiedertelo, ma l'offerta spontanea di aiuto vale infinitamente di più.

Questo si aggiunge alla montagna di incertezze che già vedevo di fronte al nostro futuro. Ci cambia. Mi cambia.

Va bene l'inesperienza, ma il cuore avrebbe dovuto suggerirmi qualcosa. Non dovrei avere io l'istinto di prendermi cura di lei? Il problema è che lei nella mia testa aveva raggiunto quello che io stavo ancora cercando per me: l'autosufficienza. Lei basterebbe a sé stessa, se volesse, io sono solo qualcosa di comodo come un nuovo elettrodomestico.

Perdo sicurezza. Quella leggerezza che mi permetteva di proporre qualsiasi cosa, anche stupida, anche audace, che mi rendeva sicuro delle scelte che facevo con lei e per lei.

La paura, una volta entrata nel cuore, non vi è più modo di farla uscire.

Mi accorgo che sta succedendo qualcosa. Se mi sono innamorato oltrepassando distrattamente un'invisibile linea bianca, qui mi sembra di vedere i miei piedi lenti, pesanti e grandi calpestare il confine tra un presente ancora invidiabile ed un futuro senza speranza. Calpesto il confine e me lo lascio alle spalle, a fatica, ma lo oltrepasso. Consapevole dell'ineluttabilità che significa. Sono arrivato con i miei piedoni nel mondo da cui non si può tornare.

Mi si apre una ferita nel cuore. Lo stomaco si fa pesante.

Iniziamo a discutere. Io non perdo occasione di affermare e di sottolineare la mia diversità. La mia distanza da tutto e da tutti. Sono antipatico, ottuso, scostante. Persino crudele. Ribatto a tutti i suoi tentativi di forzare la mia armatura con poche risposte mordaci. Parlo come un vecchio amareggiato, deluso, tradito e sconfitto.

Parlo come mio padre quando ha bevuto.

Sono diventato mio padre.

Persino peggio di lui, perché non bevo.

Mi propone di fare qualcosa, di vedere amici (suoi), di andare al cinema, di uscire a cena.

I tuoi amici sono superficiali, e non mi sopportano. I film che piacciono a te non piacciono a me, e viceversa. Tu sei vegetariana, io carnivoro.

Tu sei bella ed io terrifico. Tu sei colorata ed io smunto e slavato. Tu sei viva ed io cadavere.

Che hai stasera?

Forse la domanda giusta è che ho avuto fino ad ora.

Quale magia mi abbia fatto credere che questo potesse funzionare.

Lei minimizza. Succedono le giornate no. Non è sempre tutto perfetto. Rose e fiori, si dice, no?

Io invece vedo solo gli estremi. Il bianco ed il nero. La vita e la morte. Il respiro e la dispnea. Il piacere ed il dolore. L'amore e il nulla.

Cerco consolazione, come sempre, nei miei morti. Mi aspetto da loro la saggezza che la morte regala.

La amo troppo, per poterla perdere.

La perderai lo stesso. Ci si perde sempre un po', nel tempo.

Io non voglio perdere niente di quello che ho, neanche un pezzo. Non voglio rinunciare a nulla.

Quindi sta finendo, quel periodo. Potresti già dire che la *amavi* troppo, volendo.

No, questo no. Non è vero. Io la amo ancora. Io...

Tu? Cosa?

Che differenza c'è tra volare e cadere?

Tra approfondire e sprofondare? Tra salire e perdersi? Tra correre e affannarsi?

Io voglio che sia felice.

Falla felice.

Io sono una di quelle persone che non possono essere felici in modo continuativo.

Bella scoperta. Nessuno è sempre felice.

Ma molti ridono sempre.

Quello è un atteggiamento. Puoi farlo anche tu, se ti ci abitui.

Questo dialogo, con Gustavo, settantenne cadavere sconosciuto di turno, per la prima volta mi pone un dubbio. Sono schizofrenico?

E rido. Il mio è un riso isterico?

Sono una specie di Dorian Grey al contrario, la vita esteriore si è fermata e continuo a trascinare il più in là possibile un improbabile innamoramento, mentre le cose dentro me procedono rapide, le fasi si alternano e sono già stanco del punto in cui mi trovo.

Sessantaquattro

Prima di conoscere Agata avevo trovato il mio equilibrio, e non ci pensavo più. Con il rigore delle mie abitudini sarei potuto sopravvivere serenamente. Poi tutta questa vita, tutta insieme. E adesso che sta cambiando, adesso che sto scendendo dalla cima dopo aver goduto della vetta, mi sento come svuotato. È passata su di me un'onda troppo alta, mi ha travolto e si è portata via tutto quello che ha potuto. Mi guardo allo specchio e mi ritrovo un po' più consumato. Il tempo è passato su di me. La vita è passata su di me. L'amore è passato su di me.

D'ora in poi diventeremmo una coppia come tutte le atre. Uniformati ai compromessi e alle abitudini, ci caricheremmo di rancori e di frustrazioni, cercheremmo un appiglio di soddisfazione negli sguardi fugaci di estranei. Discuteremmo per le cose banali.

Senza nemmeno averlo pensato consapevolmente, riprendo le mie vecchie valutazioni sulla libertà eterna. Rivedo immagini di porte spalancate sulla voragine che mi accoglierà in silenzio nel suo buio che tutto inghiotte. Mi perderò nella libertà.

Una volta pensavo di morire per una cosa che non avevo più. Adesso lo farei per una cosa che vorrei mantenere così per sempre. Una cosa che ho avuto la fortuna di avere.

Aveva ragione l'impiccato: le motivazioni sono evanescenti, e valgono solo per chi lo fa, non per chi sta a guardare. Per chiunque sarebbe un gesto esagerato, non commisurato agli eventi che mi capitano.

Non pretendo che mi si capisca.

Del resto, pochi cercano nella vita e nell'amore la perfezione che cerco io. Ed ora che l'ho trovata, l'unico modo di fissarla è congelarla. Diventerà un quadro maestoso, immenso, magari malinconico. Ma la malinconia non mi disturba.

La malinconia è il mio stile di vita. È così affascinante, così sensuale. Quante volte mi sono sentito felice al pensiero di potermici abbandonare. È un cantuccio tutto mio, questo della malinconia, un rifugio isolato ed inaccessibile per tutti. Spesse mura, intorno, le stesse montagne che proteggono il territorio in cui vivo. Un nido, un abbraccio. Mi viene da sorridere, di un sorriso mesto, magari, di un sorriso silenzioso e senza luci, ma sincero e mite.

Questo è il mio mondo, Agata. Questo sono io. Ho pensato che potessimo rimescolarci gli entusiasmi, le speranze, le energie, a fare l'amore in quel modo, in continuazione. Invece io sono rimasto io, e tu sei rimasta tu. Tutto il tuo entusiasmo è rimasto a te. A me la mia malinconia. E col tempo sono certo che ti avrebbe contagiato, piuttosto che io assorbire la tua gioia.

Come mi aveva detto il mio impiccato?

Ma vaffanculo, Ernesto.

È morto qualcuno?

Uno che usava del turpiloquio.

Lo uso anch'io, quando mi si intasa lo scarico del lavandino. Funziona sempre.

Eh sì, ha una sua utilità liberatoria, a volte.

...

Tarcisio?

Comandi, dottore.

Ma tu cosa pensi della vita? Cosa pensi dell'amore?

L'amore costa troppo. La vita può farci guadagnare qualcosa. Ma anche la morte.

Accidenti. Che mi stia prendendo in giro da una vita?

Sessantacinque

Come per lasciarmi del tempo per riflettere, Agata va all'estero per lavoro. Non la vedrò per una decina di giorni. Nel mondo degli affari si fanno, queste cose. Anche a me è capitato qualche volta, ma di solito non mi muovo da qui. Ogni giorno c'è qualcosa da fare. Muore sempre qualcuno.

Io l'accompagno in aeroporto. Questo mi rallegra, non mi capita spesso di andare in aeroporto. Anche se so che farò la figura dell'imbranato. Ho dovuto insistere per poter essere qui con lei, ora. Lei voleva usare i mezzi, le navette e i treni che io non saprei neppure come e dove prendere.

Ora ci sono io, le ho detto, più falso di Giuda. Come se fossi una presenza davvero importante e duratura nella sua vita.

Cosa posso fare io per te, che tu non possa già fare? Che tu non sappia fare meglio?

Lei è impaziente. Guarda l'orologio e il tachimetro. Poi fuori. Poi ancora l'orologio.

Sbuffa un po'. Io continuo imperterrito con la mia solita andatura sui novanta all'ora, corsia centrale, come se fossi uscito per prendere il pane il lunedì mattina. Lei guarda l'orologio, poi di nuovo il tachimetro.

E finalmente sbotta.

Se il limite è centotrenta, andiamo a centotrenta?

Io rido. Perché è davvero un modo buffo per dirmi di accelerare. Buffo e scomodo. Però capisco.

E accelero, sempre sorridendo.

Che c'è, perché ridi?

Niente, così...

Mi fa ridere questa donna. Mi mancherebbe. Mi mancherà. È allegra, e lo divento un po' anch'io, anche se forse solo di riflesso. Lei ha il sole addosso, ed io sono una misera luna malinconica.

Se il limite è centotrenta perché io rimango sempre indietro?

Sessantasei

A mio padre scoprono qualcosa. Il suo aspetto consumato non era casuale. Una malattia. L'innominato dei giorni nostri. Quello il cui nome non può essere pronunciato senza sentire il terrore scorrerci dentro. Colui da cui ci si attende un comportamento ben più meschino della morte. Nemico silenzioso e insidioso che si nutre di noi e dei nostri pochi sogni spezzandoli, non importa a quale età. Che ha la capacità di ricordarci in ogni istante che la nostra vita è solo un prestito che ci è stato fatto, e il legittimo proprietario inizia a reclamarla. E ci ricorda che per quanta forza saremo in grado di dimostrare, potremo lo stesso perdere. Che non contiamo niente. O troppo poco.

La morte è caritatevole, confronto a lui.

Non ci inganna. Non gioca con la nostra vita.

Io che pensavo di aver chiuso tutti i conti con mio padre, e di tenere nelle mani la verità, e di essere nel giusto.

E adesso questo.

Io ho ancora le mie certezze.

Ho pensato che forse era ora che si levasse dai cosiddetti. Che lasciasse un po' in pace me e mia madre.

In fondo il suo contributo alla vita, al paese e perfino alla famiglia era trascurabile.

Bisogna pur servire a qualcosa, su questa Terra, no? Io questo ho sempre creduto.

Sessantasette

È una prova, mi dico. La morte mi sta mettendo alla prova. Di qualsiasi morte si tratti, la mia, quella di mio padre, quella di tutti. Vuole tastare la mia fedeltà. Come fece Dio con Abramo chiedendo la vita del figlio Isacco. Solo che lui poi lo ha risparmiato. Gli ha evitato il vero castigo. Qual è invece l'esito atteso per questo esperimento?

Morte, mi devo sacrificare per salvare mio padre? Vengo io al suo posto? È questo ciò che vuoi, la prova di Abramo, ma al contrario? Che metta in atto il mio proposito?

Secondo i medici è troppo tardi, per salvarlo. La malattia è in uno stato molto avanzato. Non si spiegano neppure come potesse essere ancora in piedi, e fumare ancora le sue sigarette puzzolenti.

Oppure no? Che gli stia accanto, che abbia la forza di guardarlo morire? È questa la prova?

Decido di non pensare a me, per un po'. Di concentrarmi sulle cose concrete e impellenti.

Cerco mentalmente di prepararmi per affrontare la prova, qualunque essa sia.

Per il momento non ne parlo con Agata. Gliene parlerò al suo ritorno.

Sono abbastanza sereno.

Sono tutto sommato ancora convinto che la morte di mio padre non sarà una grande perdita per l'umanità.

Chissà se ci ha mai pensato, al suicidio? Perché fondamentalmente è un infelice con una vita vuota che cerca di colmare con l'alcool. Quindi io nella sua condizione ci avrei fatto più di un pensierino. E invece credo di no, credo che lui non ci abbia mai pensato. La sua fortuna, e quindi la sua salvezza, è frutto di superficialità e del suo estremo egoismo. Fino ad ora, almeno.

Poi però lo accompagno in ospedale. L'innominato richiede tanti esami, tanto tempo, tanta pazienza e tanta forza. È veramente ingordo.

Lo vado a prendere a casa. Lui è scorbutico, sale sulla mia macchina con riluttanza. Si guarda intorno con la bocca in espressione di sdegno. Come se qualcuno lo avesse obbligato con la forza. Non parliamo. E che dirsi? Che utensile ci vuole per spezzare questa crosta di ghiaccio millenario?

Entriamo in reparto. Siamo in piedi uno accanto all'altro.

Mi esce una domanda tanto banale da risultare troppo crudele.

Hai paura?

Lui mi guarda. Non dice nulla. Ma i suoi occhi tremano, vacilla tutto, a partire dalla volontà. Un uomo spaventato che sta diventando vecchio. Un uomo forse malato, di un male che in confronto la morte sembra giusta.

Un uomo che non merita che qualcun altro, soprattutto un figlio supponente, faccia i conti in tasca al valore della sua vita.

Un uomo la cui vita non è di sicuro meno dignitosa di altre.

E basterebbe questo, a sistemare le cose tra noi. Almeno per me.

Ma lui, per di più, è mio padre.

Posso far trascorrere anni a convincermi che la sua esistenza non si intersecherà con la mia. Posso pensare che si può fare a meno di un padre, così come di quasi tutto, nella vita.

Ma non è così facile. In realtà non ce ne si sbarazza. Lo si accantona e basta.

Poi succede qualcosa, e prima o poi qualcosa succede sempre, e ci si ricorda che di quella figura noi abbiamo bisogno. Anche adesso. Anche da vecchi. Non si può non fare pace con la propria provenienza. Non siamo liberi come pensiamo.

Tributi. Dobbiamo pagare dei tributi, come le tasse. Dobbiamo volere bene a persone che non ci siamo scelti. Siamo obbligati a farlo.

E più pensiamo di esserne esentati, più il nostro amore sarà grande.

Sessantotto

Il protagonismo. È un peccato più insidioso di quanto non sembri. Più della superbia. È la tendenza a considerare inutile tutto ciò che non riguarda noi, la nostra vita o il destino dell'umanità. Vale per le persone, i luoghi ed i gesti. Per le giornate. Per il tempo che passa. Tutto ha una sua dignità. Anzi, è forse più degna di rispetto un'esistenza umile, uguale e tenace. Le gazzelle contano quanto i leoni. Non importa se vivono in branchi numerosi dove non si distinguono l'una dall'altra. Le formiche. Devo pensare così, mi obbligo a farlo perché in fondo io sono una di quelle piccole formiche, un'ape operaia anonima al cospetto di una regina irraggiungibile.

Vale per la vita di mio padre. Vale per i luoghi frequentati da lui e da gente come lui. Vale per i gesti quotidiani che scandiscono il passare dei giorni. Lui non ha chiesto più di me. Sono io ad essere in torto, di nuovo. Mi chiedo perché e come il piattume della mia vita si sia elevato, distorto, dinanzi alla vita di mio padre che per anni ho continuato a voler svalutare. E improvvisamente i giudizi di anni si sgretolano, ed io rimango con in mano una manciata di polvere, il valore della mia vita.

Che fosse questa la prova? Capire di amare mio padre? Capire di non avere in mano nulla?

Povero uomo malato, sono ancora io a doverti qualcosa.

A mio padre devo molto, negativamente parlando. Devo buona parte dei miei sbalzi di umore. Devo tutte le mie insicurezze e difficoltà a relazionarmi. Devo la paura dell'ignoto. Questa forma di egoismo ben camuffato dietro a impegni ed abitudini. Devo la Solitudine. Devo l'infelicità, e forse anche la passione per la morte.

Gli devo la gestione dei silenzi, che si è rivelata molto utile in tempi di solitudine. Gli devo questa faccia scolorita e un po' lunga. E la mia voce.

Gli devo l'attività.

Gli devo questo mio nome poco usuale che ho detestato tanto a lungo da essermici affezionato.

Ed ora che ho appena finito di fare il conto da presentare, mi rendo conto che posso stracciarlo.

Ci sono debiti che non passano di mano, semplicemente non li pagherà nessun altro. Come i debiti dei nullatenenti.

C'è da sperare che il creditore sia abbastanza solido da non dipendere solo da quello. Che sia in grado di stare a galla con le altre sue risorse. E il creditore sono io.

Faccio un'operazione chirurgica: vado a cercare nel mio passato i ricordi che mi legano a lui, e provo a isolarli. Recido i legami con il resto di me. Li infilo in una teca, li mantengo sotto spirito. Come lui forse avrebbe gradito, giusto per lo spirito.

È un lavoro semplice, perché sono pochi. Almeno questa è la convinzione con cui parto.

Solo che forse mi sono sbagliato. Se i ricordi sono pochi, c'è la sua faccia. È sempre lì, che mi guarda un po' severa in un percorso lungo una vita. Non che gli possa riconoscere grandi meriti, frasi importanti, rivelazioni o parole di comprensione. Ma la faccia, almeno quella, ce l'ha sempre messa.

Non ha capito niente, per un sacco di tempo. Mai, posso dire. Non ha mai capito nulla di quello che io avrei voluto.

Una vita a sbagliare, a non azzeccare un solo comportamento con il figlio.

Ma è mio padre lo stesso.

Che bella garanzia che danno i legami di sangue!

Ci puoi combattere contro tutta la vita ma vinceranno sempre loro. Gli dovrai ancora tu qualcosa.

Sessantanove

Mi guardo intorno. Passo in rassegna le facce basse sedute sulle scomode sedie della sala d'attesa gremita.

Se esiste la vita eterna, quella che ci viene promessa dopo la morte, questa qui è la rappresentazione più fedele del purgatorio. Questo reparto.

Gente di fronte al medesimo ineluttabile nemico. No, non gente. Persone. In attesa di una cura rischiosa, dolorosa e poco efficace. In attesa del meglio che la medicina moderna può dare. In attesa di speranze. Ma forse neppure. Solo in attesa.

Persone che hanno cessato di interrogarsi sulle possibilità, ed eseguono soltanto. Persone che fanno ciò che ci si aspetta venga fatto. Attendono pazientemente il loro turno, ognuno con il proprio pugno serrato. Con dentro il proprio abominio invisibile.

E ci si incontra, ci si fa coraggio. Si scambiano battute poco originali.

Si vive, nonostante tutto.

Ci si abitua. Anche a questo.

Agata, ti prego, vediamoci stasera, ho bisogno di parlarti. Poi ti spiego.

Deve fare le terapie. Trenta giorni di fila, una al giorno, sabato e domenica esclusi.

Si può fare al mattino o al pomeriggio.

Posso farla al mattino?

Sì, non dovrebbero esserci problemi.

Cosa ti cambia, tanto non hai nulla da fare.

Non gli perdono nulla, perché so la risposta.

Almeno il pomeriggio posso andare al bar e giocare a carte.

Le carte lo tengono in vita. Qualsiasi cosa lo tenga in vita è bene accetta.

Settanta

Agata entra piano, chiude silenziosamente la porta.

Tanto piano che non disturba i miei pensieri.

Lei sa tutto, invece. Ha capito tutto, di me.

Mi guarda e mi sorride, rimanendo distante. Sa cosa penso. Ho paura di lei, perché non so cosa le dirò.

Mi alzo per andarle incontro.

Mi abbraccia. Le spiego la situazione. Lei mi fa un sacco di domande sulla malattia, sulle cure e terapie, domande che mi vergogno di non aver fatto io ai medici. Non ho tutte le risposte, faccio del mio meglio quando lo accompagno in ospedale. E forse c'è di più. C'è che non voglio sapere, non tutto. Certe cose va bene che me le riveli il tempo un po' alla volta, lasciandomi le sorprese per dopo, quando non si potrà più fare a meno di considerarle. Scelgo di fare il codardo.

Poi la prendo. Mi riapproprio del suo corpo, esercitando la mia virilità. La stringo senza pensare a niente, né a mio padre, né a me, né a noi e al nostro futuro.

Mi spingo dentro di lei fino a dove riesco ad arrivare. Sento il pube dolermi sotto lo sforzo, sotto al peso del mio corpo premuto contro il suo. Sento il suo caldo avvolgermi. Sento la testa leggera ed i pensieri sono solo immagini rapide sfocate. Sento salirmi dentro il culmine del piacere. Sento la fine che si avvicina. La mia fine, la nostra fine. Vedo mio padre. Vedo me. E provo un desiderio irrefrenabile di irrorarla con il mio seme, di disperdermi nel suo corpo raggiungendo in modo capillare i più lontani anfratti, diventare una cosa sola con il flusso del suo sangue. Mettere in circolo la vita in quel corpo.

Ora che mio padre sta morendo sento il peso del non avere eredi. Sento l'esigenza di lasciare sulla Terra qualcuno con il mio sangue dentro. Qualcuno con la mia pelle bianca.

Io, umile impiegato alle dipendenze della morte, generare la vita.

Mi sembra così strano.

La morte genera la vita.

Settantuno

Agata si porta appresso l'entusiasmo, insieme ai suoi colori variopinti e coraggiosamente abbinati. Incontrarla è come per un bambino incontrare qualcuno che ti dia una caramella. Poi sei più felice. Il suo apporto all'universo è positivo. Se è contenta per qualcosa batte le mani, ride e fa anche dei piccoli salti sul posto. Anche un solo salto, un balzello che le fa staccare a malapena i piedi da terra, ma molto riconoscibile. A volte lo fa anche da sola, se sta lavorando, pensando qualcosa parlando da sola a voce sommessa: trova una buona idea, e hop-là, saltino.

Se non ci vediamo per un po', mi salta addosso felice, mi fa le feste. Come un cane, ma non prendetelo negativamente. Vi posso assicurare che è una delle cose migliori che mi siano capitate nella vita.

Donarsi. Una cosa che Agata fa così bene. E che mio padre non è riuscito ad imparare per tutta la vita. E probabilmente quello che gli rimane da vivere non gli permetterà di porre rimedio. Ed io tutto sommato sono diventato mio padre. Si diventa ciò che si condanna.

Non ho più niente, mi ha detto singhiozzando dopo aver fatto l'amore. Dopo aver goduto con quella sua espressione spaventata, come se sentisse di perdere qualcosa, godendo.

Ti restituisco tutto quello che mi hai dato.

Ti riempio di doni e di baci.

Ti regalo il mondo. E il mio cuore, tenuto tra le mani, in un cesto di felci.

Prendi tutto quello che posso darti, riempiti di nuovo. Odio essere in debito.

Lei mi ha dato più di quello che io ho dato a lei. È evidente. Per quanto a me sia sembrato di dare tutto. Il mio sacchetto di doni sembra vuoto, rispetto al suo. Sarei un Babbo Natale fallito.

Settantadue

Mio padre soffre. Non sono abituato ai corpi tormentati dal dolore. I miei corpi sono tutti in pace. Possono avere addosso testimonianze o vestigia di malattie e dolore, ma non il tormento.

Voglio bene a quest'uomo.

Mi hai sentito papà? Ho detto che ti voglio bene.

Le cure sono inutili. Le deve sospendere, il suo corpo non le accetta più. E come dargli torto?

Parlo con i medici. È troppo tardi. Non c'è più nulla da fare.

Lo guardo. È cambiato. La malattia lo ha redento. Più la vita lo condanna più io lo perdono. La sua anima è salva, così come è condannato il suo corpo. La sofferenza lo sta santificando. Conduce una vita fatta di abitudini regolari che riguardano prevalentemente il suo corpo. Per il resto c'è la televisione.

Lo guardo e trovo in queste ossa scarne una vita che prima non vedevo. La volontà di stare aggrappato alla speranza, all'incertezza della morte che spetta a tutti gli uomini.

Ma io sono un malato terminale?

È incredibile quanto si sia disposti a mentirsi a fin di bene. Quanto si sia capaci di allontanare le scomode verità.

No, papà, cosa dici? Tu stai meglio di me.

Per un attimo, per un attimo soltanto, ma lungo più di quanto dovrei permettermi, penso addirittura che sia vero.

Anzi, vorrei stare io come stai tu, invece vivo ancora nell'incertezza della mia volontà, mentre tu sei a posto, già condannato senza dover fare nulla, basta aspettare. E sono qui a struggermi perché non esiste per sempre ciò che vorrei. Perché, a questo punto, vorrei saldare i miei debiti, che però è come se aumentassero di giorno in giorno, senza riuscire a fermare il disavanzo. È come andare al casinò e continuare a perdere, sperando di recuperare ma intimamente sapendo che non ci sono possibilità.

Quanto sono meschino, sono accanto a mio padre che sta morendo ed inizia a rendersene conto e ancora sto pensando a me. Ai miei limiti.

Papà, vedrai che qui ti cureranno, e giorno dopo giorno starai meglio. Giorno dopo giorno.

Del resto, qualsiasi cosa si voglia fare, è necessariamente giorno dopo giorno. La vita è così.

Abbasso lo sguardo. Ho il lembo della camicia fuori dai pantaloni, ma non m'importa.

Mio padre mi guarda come per scavarmi la verità. So di avercela in faccia, ma lui non la vuole vedere, e va oltre. Si rasserena un po', e riprende a vivere.

Per poco.

È morto qualcuno?

Non ancora, ma mi sa che ci siamo quasi.

E lei come fa a saperlo?

Sono veggente.

Ah. E io che pensavo fosse di queste parti.

Settantatré

Che cosa ti ho fatto?

Tu proprio niente. Scusami. L'unica persona con cui ce l'ho sono io. Sono arrabbiato con me stesso.

Ma perché?

Perché non funziona. Perché vorrei fare in modo di non doverti restituire nulla. Perché non so come fare a contraccambiare tutto quello che mi hai dato fino ad ora.

E perché dovresti?

Al diavolo, come faccio a dirglielo. Che le dico? È troppo tardi ormai. Pur intravedendo una certa remota possibilità di serenità, è troppo tardi per me. Pensavo di essere compromesso con lei, invece sono troppo compromesso nella mia Solitudine. Lasciarla, del resto, non avrebbe senso. Anche e soprattutto in termini di giustizie cosmiche. Come mi permetto di lasciare lei, io? Il vuoto, il nulla che lascia la vita.

Anche tornare indietro è impossibile. Da qui non si torna. Lei è definitiva, e indietro non si torna. Non rimangono molte altre direzioni in cui andare. L'unica possibilità che ho è saltare, perché più in alto di così, con i miei piedi pesanti, con le mie gambe, un passo alla volta senza inerzie secondo il mio progetto di pallida vita, non posso andare.

Perché pago sempre i miei debiti.

Ah sì? Bene, ricordati una cosa: io non sono il salumiere.

E il nostro rapporto non è un etto di prosciutto in più o in meno che tu o io abbiamo consumato.

In quali categorie si dividono le persone, adesso?

In quelli che fanno cose assennate e quelli che non si capisce mai cosa gli passi per la testa. Quelli di cui non ci si possa troppo fidare.

Quelli poco normali, in un certo senso.

Giratela un po' come ti fa piacere, ma non darmi la colpa di cose che non ho detto.

Evito il contatto, anche visivo. Sgattaiolo, non voglio darle occasione per toccarmi, per stringermi, perché la mia distanza risulterebbe ancora più forzata ed evidente.

Io lo so che è un periodo difficile, con quello che sta capitando a tuo padre...

Mio padre non c'entra niente, in questo. Stiamo parlando di noi due. Scusami, sono stanco, vorrei andare a casa e stare un po' da solo.

Questo termina il nostro dialogo. Io non so andare avanti. E non voglio. Sono vigliacco, va bene. Ma davvero, non so neppure cosa dire alla mia coscienza, che dire a lei?

Cosa c'è dopo?

Devo essere proprio un idiota. Da anni tengo conversazioni con cadaveri e non sono mai andato ad indagare. Lo so che è un gioco, non venite a dirlo a me, che ancora pazzo del tutto non sono. O sì?

In fondo potrebbe essermi utile. Per mio padre, per tranquillizzarlo. O per tranquillizzare me.

Mi capita una signora di mezza età. Lina, non tanto alta, un po' in abbondanza e dall'aria quasi aristocratica.

Signora Lina, com'è questa morte?

Come tutte le altre.

Ecco, questa non me l'aspettavo proprio.

Quindi non è la prima volta.

Ti pare che possa essere la mia prima volta. Caro mio, di vergine non ho proprio più niente, ormai.

E ride, con la voce un po' grossa, di gola, come la Carrà.

E come sono le altre?

Aspetti. È come quando sei in posta, e prendi il numero. Solo che sei più comodo e non ti importa niente di dover aspettare. Non ti importa niente di niente, in un certo senso.

Quindi qualcosa c'è. Una lunga coda d'attesa.

Sì. E stai lì, fai quello che vuoi, nell'attesa. Puoi parlare con qualcuno. Puoi immaginare vite nuove, puoi ricordare le precedenti. Puoi scambiarti opinioni. Poi, quando tocca a te, ritorni.

In vita?

E dove, sennò? A volte, in via del tutto eccezionale, so che si può scegliere di tornare subito, per motivi particolari. Ma io non l'ho mai fatto.

Ma non si capisce il disegno? Il grande disegno, dico. Se e quando finirà, se c'è un traguardo.

No.

Come no?

No, ti ho detto. Almeno, io non l'ho mai visto. Ma forse è solo perché ne sono ancora lontana. Chi lo sa.

Già, chi lo sa. E l'amore?

L'amore?

Eh, l'amore. L'amore eterno, per sempre, al di là di ogni cosa.

Cessa con la vita. O con la morte, fai tu.

Ma non si possono vedere i propri cari, guidare dall'alto qualcuno, trasmettere messaggi, segnali, far sentire la propria presenza...

Mi sa che tu hai visto troppi film di fantasmi. Per quanto ne so io no, e personalmente dico: per fortuna.

Ma come?

Ci mancano pure le responsabilità persino da morti! Bastano e avanzano quelle da vivi.

Anche la morte perde un po' il suo fascino, così.

La coda alle poste. Mio padre non ha mai messo il piede in posta in vita sua, e odia le code. Se glielo dico è facile che continui a vivere, anche solo per questo. È un tentativo che si può sempre fare. Anche se temo che sia tardi.

Però il discorso delle responsabilità potrebbe convincerlo.

E forse persino me. In fondo, non è questa l'assenza somma di passione? Attesa senza responsabilità e senza ansie.

Settantaquattro

Non passerà la notte.

Questo mi ha detto il medico. E adesso sto qua. La mamma si è sdraiata un attimo. Giovanni anche. Ci sono solo io, tuo figlio Ernesto. Quello strano. Quello che non è riuscito a rientrare nella carreggiata della vita normale.

Papà, lo sapevi di avere un figlio idealista? Riderai di me, e forse non è neppure la prima volta. Del resto non credo che tu mi abbia mai capito. E forse non ci hai neppure provato.

E io, che mi credevo? Di essere felice?

Io, tutto Solitudine, Pallore e morte, andare in giro allegro, andare in vacanza a Riccione, avere dei figli da portare a scuola, una moglie che ti prepara l'arrosto, serate in pizzeria, il cinema la domenica pomeriggio, gli aperitivi, la musica scaricata?

Come ho potuto illudermi? Dopo tutti questi anni a costruire e difendere il mio tepore solitario. Tutte queste energie dedicate a fortificare il mio vuoto.

Ed ora?

Sono tanto abituato alla morte che la cosa più forte che mi è capitata l'ho associata a lei per gioco. Mi sembrava l'unica cosa sensata da fare.

Ma non lo è.

La morte è una volta sola e per sempre. Lei ogni giorno mi strazia di desiderio e dolore.

Lei è la vita. Anche solo per me, anche solo qui, ora. La vita come quella degli altri. L'amore, ma con i compromessi.

La vita. L'unica cosa che crediamo di possedere, quando invece è lei che ci manovra come burattini con i fili aggrovigliati. L'unica cosa per cui daremmo tutto, quando non siamo disposti a sacrificarla. Un dono destinatoci senza ricorrenza e festeggiamenti.

Un dono che ripudio. Queste vampate rendono il tepore a cui avevo abituato il mio corpo un'insopportabile miseria. I ritmi pacati di una vita costruita un passo dopo l'altro sono stati spazzati via dal turbine di voluttà in cui Agata mi ha trascinato, raccontandomi me stesso fino ad elevarmi. Adesso, maledetta lei, voglio tutto. Voglio ogni suo respiro. Ogni suo sorriso. Ogni suo sguardo.

Credevo mi bastasse poco.

Credeva gli bastasse poco

Papà, tu cosa faresti?

Tu non ti faresti domande. Continueresti a rimanere aggrappato alle tue abitudini. È per questo che sei ancora qui. Con una cancrena interna che ti mastica inesorabile. A fatica, come si possono masticare le ossa. Uno scheletro senza muscoli che lotta e vive. Una mummia senza bende.

Ma io non ce l'ho la tua forza. Quella di stare fermo in un letto a guardare la morte negli occhi mentre si avvicina furtiva un passo alla volta. Quella di stare qui mentre questo rapporto si sfalda, e da perfezione diviene nausea.

Quella di sopportare la vita, giorno per giorno.

Io ho avuto un fortuito assaggio di empia felicità. E voglio l'amore, quello per sempre. Dopo aver visitato la cima, voglio finire in grande.

Agata, ho la certezza che la tua forza non sarà intaccata da questa mia debolezza che a me sembra coraggio.

Mi giro verso ovest a guardare la tenebra atterrita dal chiarore del nuovo giorno. Sono solidale con la tenebra.

Era solidale con la tenebra.

Settantacinque

Papà, come stai?

Bene.

Dici sempre bene, tu. Mai una volta che ti abbia sentito lamentarti.

Al diavolo. Tutta la vita ad elogiare la morte ed ora che mi ha portato via un uomo che credevo di odiare da anni mi diventa insopportabilmente ingiusta.

Ho messo fuori un cartello. Chiuso per lutto. Sai le risate che si faranno.

Lo lavo con la sorgente di lacrime silenziose che mi sgorgano dagli occhi. Lo vesto dell'affetto che si è fatto così solido in queste settimane. Lo pettino. Lo sistemo per bene. Lo spolvero di perdono e rispetto. Sorrido con il bene che gli ho voluto.

Papà, perché mi avevi tolto il saluto?

Ero geloso.

Geloso? Geloso di cosa?

Della morte. Mi avevi portato via la morte. Ma adesso siamo pari...

Sorrido amaramente.

Ti è toccato morire per riprendertela. E non mi hai detto nulla per tutti questi anni.

Come si fa a dire una cosa simile?

Un po' è vero. Però io ti capisco, sai che lo posso capire benissimo, vero?

Senti. Ti metto il fucile nella bara, il calibro 22, non si sa mai. E così me ne libero. Ti metto due Tex Willer, se vuoi sparare, o anche solo da leggere. Ti metto il disco 45 giri di Adamo, *La notte*.

Papà ti serve altro?

Ho la gola secca.

Ok ti metto una birra.

E come la apro?

Ti metto anche un apribottiglie.

Si chiederanno come fa a pesare così tanto questa bara, con dentro solo te ridotto pelle ed ossa dalla malattia.

Papà, lo sai a cosa sto pensando, vero?

Sì.

Tu cosa faresti?

È una scelta tua, soltanto tua. Io so solo qual è il più grande potere che ci è dato.

(pausa)

È decidere, scegliere.

Già.

Io alla mia età ancora non ho capito se le decisioni le prendo io o la mia paura. Non so se quando scelgo qualcosa è un atto di volontà o vigliaccheria. Perché guardando indietro non c'è nulla, proprio nulla, che non possa essere giustificato con una scelta dettata dalla paura. In fondo non ho mai rischiato nulla, tutto è sempre stato pensato e fatto per minimizzare i rischi. In ogni campo, ed ancora oggi. Le mie scelte sono tutte dettate dall'accurata valutazione di parametri oggettivi. Nessuno potrà dirmi che ho fatto una scelta sbagliata. Per contro, non so cosa volevo. Insomma, cosa vorrei io, di mio, per me? Senza pensare di dover giustificare ad una ipotetica commissione d'esame un domani il perché e percome sia andata così. Avendo coraggio.

Io so per certo di non averne avuto, di coraggio, quando mi hanno diagnosticato questa roba. Ho preferito fare queste cure, conscio della loro inutilità. E non l'ho fatto neppure dopo, quando era evidente che non c'era più niente da fare. Non è vero che la speranza è l'ultima a morire. L'uomo è l'ultimo a morire, e si trascina, sopravvivendo, anche quando la speranza si è consumata da un pezzo.

Insomma non si sceglie. Non si sceglie proprio nulla, in questa vita. Neppure vivere o non vivere. Essere o non essere, dice Amleto con il teschio in mano, guardando orbite vuote di un cranio che potrebbe essere il suo.

Io mi vedo trascinarmi in una monotonia che non saprei riconoscere. Ho avuto solo questo amore, di buono. Ed è per questo che non posso permettermi di vederlo corrotto.

Settantasei

Perché ti sei liberato del nostro cane, Whiskey? Era così intelligente, così affettuoso.

Perché mi ero preso io l'impegno di accudirlo. Ma non ci riuscivo. Non sono capace di prendermi cura delle cose. E neppure delle persone. E sono un rompiscatole. Alla fine mi sono tolto dai piedi.

Dai suoi occhi chiusi vedo colare lacrime. Da quegli occhi che io stesso ho chiuso.

Ho scansato tutte le responsabilità che avrei dovuto prendermi. Sono stato un debole, un inutile per tutta la vita.

Ma cosa dici?

Cosa credi, che non lo sappia, cosa pensavano tutti di me? Anzi, cosa pensavate tutti di me, voi compresi? Che fossi un ubriacone che sperperava il denaro nei vizi.

Ma quello è passato. È il passato.

Il passato diventa passato quando il presente ha la forza di soppiantarlo. Altrimenti il passato rimane.

Estendo questo suo pensiero. Penso al futuro. Un futuro via via peggiore con il cuore che rimane ancorato indietro, nel ricordo di tempi migliori.

Sono davvero diventato mio padre.

Non mi resta che stare al suo fianco.

Altro che coda alle poste, io lo so che è solo la paura che mi parlava dall'inconscio. Un tentativo disperato per salvarmi, una specie di istinto di conservazione. Cerca di farmi apparire la morte come un sacrificio inutile.

Papà, come si sta, di lì?

A saperlo ci venivo prima.

Prendo la Smith & Wesson. Mi siedo accanto a lui. Me la punto sul torace.

Tentenno. Mi trema un po' la mano, la destra, quella che impugna la pistola. Il pollice è sul grilletto. La sinistra è appoggiata, aperta, sulla mia coscia. Ho un deja-vu.

Mi mancherà Agata.

Non preoccuparti, una volta giunto di qui, non sentirai più la mancanza di nulla.

Qualsiasi cosa ci sia dopo, credo che questo sia sicuramente vero.

Tarcisio avrà una risposta inaspettata quando domani chiederà in giro se è morto qualcuno.

Signora Giustina, Arturo, Vanessa e Matteo, Gigi, Pallore, Solitudine, vengo con voi. Vengo da voi.

Agata, vado da loro.

Vita, morte, amore, vado da loro.

Giro la testa per non guardare, e vedo un lampo di luce con i colori degli abiti di Agata. Lo schianto copre il rumore della porta che si apre. Le mie narici fanno in tempo a sentire l'odore acre della polvere da sparo, su cui si poggia, come per pulirlo, odore di sapone.

Le persone si dividono in due categorie: i vivi e i morti.

Indice